로미오와 줄리엣

Romeo and Juliet

세계문학전집 173

로미오와 줄리엣

Romeo and Juliet

윌리엄 셰익스피어

최종철 옮김

민음사

일러두기

1 번역에 사용한 저본 및 참고본은 작품 해설에 밝혀 두었다.

2 고유명사의 표기는 국립 국어원의 외래어표기법을 따르는 것을 원칙으로 하였다. 다만 이미 굳어져 널리 쓰이고 있는 표기 등은 예외를 두었다.

3 원문에서 의도적으로 어법에 맞지 않게 쓴 표현은 그대로 살려 번역하거나 일부 방언을 사용하였고 각주로 표시하였다.

4 독자의 편의를 위해 대사의 행수를 5행 단위로 표기하였으며, 이는 원문의 길이와 전체적으로는 거의 같지만 완벽하게 일치하지는 않는다.

한 행이 계단식 배열로 표시된 것은 1) 한 인물이 같은 행을 나누어 말하거나 2) 둘 이상의 인물이 같은 행을 나누어 말하는 경우이다.

5 막의 구분 없이 장면의 연속으로만 진행되었던 셰익스피어 당시의 공연 관행을 반영하기 위하여 막과 장의 숫자만 명기하고 장소는 각주에서 설명하였다.

차례

등장인물

에스칼루스 베로나의 군주

머큐쇼 군주의 친척인 젊은 신사, 로미오의 친구

파리스 군주의 친척인 귀족 청년

시동 파리스의 하인

몬터규 캐풀릿 집안과 다투는 베로나 가문의 수장

몬터규 부인

로미오 몬터규의 아들

벤볼리오 몬터규의 조카, 로미오와 머큐쇼의 친구

아브람 몬터규의 하인

발타자르 로미오의 하인

캐풀릿 몬터규 집안과 다투는 베로나 가문의 수장

캐풀릿 부인

줄리엣 캐풀릿의 딸

티볼트 캐풀릿 부인의 조카

캐풀릿 사촌 노신사

유모 캐풀릿의 하녀, 줄리엣의 젖어머니

피터 유모를 시중드는 캐풀릿의 하인

삼손
그레고리
안토니 〕 캐풀릿 집안의 하인들
팟팬
부엌 하인들

로런스 수사 〕 프란시스코 교단 소속
존 수사

약장수 만토바 소재

세 악사(사이먼 창자줄, 휴 깽깽이, 제임스 받침대)
야경꾼, 베로나 시민, 가장무도회 참가자, 횃불잡이, 시동 및 하인들
해설자

장소 베로나와 만토바

머리말

해설자 등장.

해설자   이 극이 벌어지는 아름다운 베로나에
　　　　　명망이 엇비슷한 두 가문이 있었는데
　　　　　오래 묵은 원한으로 새 폭동을 일으켜
　　　　　시민 피로 시민 손을 더럽히게 되었도다.
　　　　　이러한 두 원수의 숙명적인 몸에서　　　　　　5
　　　　　별들이 훼방 놓은 두 연인이 태어났고
　　　　　그들은 불운하고 불쌍하게 파멸하며
　　　　　부모들의 싸움을 죽음으로 묻었도다.
　　　　　죽음 어린 이 사랑의 두려운 여정과
　　　　　계속되는 부모들의 격렬한 분노를　　　　　　10
　　　　　자식들의 최후밖엔 아무것도 못 막는데
　　　　　그 내용을 두어 시간 무대 위에 펼치오니
　　　　　여러분이 인내하며 귀 기울여 주시면
　　　　　여기서 잘못된 건 열심히 고쳐 보겠나이다.

　　　　　　　　　　　　　　　　　　　　(퇴장)

머리말　원문은 셰익스피어 소네트 형식(고유한 각운법을 가진 14행시)으로
되어 있다.
1행베로나　이탈리아 북부의 도시.
6행별들　우리의 사주팔자와 비슷하게 당시 영국 사람들은 출생 시의 별자
리에 따라 인간의 운명이 결정된다고 믿었다.

1막 1장

캐퓰릿 집안의 삼손과 그레고리,

칼과 둥근 방패를 들고 등장.

삼손	그레고리, 우린 절대로 욕을 먹진 않을 거야.
그레고리	암, 우리가 욕을 봐선 안 되니까.
삼손	내 말은 욕을 들으면 칼을 뽑겠다는 뜻인데.
그레고리	음, 하지만 칼 맞을 일은 안 하는 게 좋아.
삼손	난 화가 나면 재빨리 찌르는데. 5
그레고리	하지만 찌를 만큼 재빨리 화가 나진 않겠지.
삼손	난 몬터규 집안의 개만 봐도 화가 나.
그레고리	화가 나면 움직이고 용감하면 맞서는 거야,
	그러니까 넌 화가 나면 달아나는 거야.
삼손	난 그 집안의 개만 봐도 화가 나서 맞설 거 10
	야. 몬터규네 하인이든 하녀든 난 깨끗한 담
	쪽 길을 차지할 테야.
그레고리	그건 네가 약하다는 표시지. 가장 약한 자가
	담 쪽으로 밀려나니까.

1막1장장소 베로나. 공공장소.

1~3행욕을…들으면 이 부분은 원문의 말장난을 최대한 살리면서 의역한 곳이다. 이 극에는 이런 종류의 말장난과 그에 따른 의역이 꽤 많지만 앞으로 일일이 밝히지는 않을 것이다.

11~12행담…길 당시의 흙길에서 담 쪽은 가장 깨끗한 곳이었으며 윗사람에게 양보하는 게 예의였다. (아든, 리버사이드)

삼손 　맞았어, 그러니까 여자들은 더 약한 그릇이 15
라서 언제나 담 쪽으로 떠밀려. 그러니까 난
몬터규네 하인들은 담에서 밀어내고 하녀들
은 담 쪽으로 떠밀 테야.

그레고리 　다툼은 우리의 어르신들끼리 그리고 우리 하
인들끼리 벌이는 건데. 20

삼손 　상관없어. 난 폭군처럼 행동할 테니까. 그 집
하인들과 싸운 다음 하녀들에게는 공손할
거야. 성을 빼앗아 버릴 테니까.

그레고리 　하녀들의 성을?

삼손 　그래, 하녀들의 성 또는 처녀성 말이야. 무슨 25
뜻으로 받아들이든 마음대로 해.

그레고리 　걔들이 받아들여야만 하는 건 뜻이 아니라
느낌이 오는 거겠지.

삼손 　암, 내가 서 있을 동안은 날 느낄 거야. 내 물
건이 꽤 괜찮다고 알려져 있으니까. 30

그레고리 　넌 물고기가 아닌 게 다행이야. 그랬으면 말
라비틀어진 명태였을 테니까. 네 연장 좀 꺼
내 봐 ― 여기 몬터규네 것들이 나타났어.

15행더약한그릇 성경에서 여자를 일컫는 말. (베드로 전서 3장 7절)
29행서있을 남성의 발기와 관련된 농담.
31행물고기 당시의 속어로서 여자를 가리킨다. (리버사이드)

두 명의 다른 하인,
아브람과 발타자르 등장.

삼손	무기를 꺼내 놨어, 알몸으로. 싸움을 걸어, 뒤를 봐 줄 테니까.

35

그레고리 어떻게, 뒤로 돌아 도망치려고?

삼손 걱정 마.

그레고리 그래도 참! 걱정되네!

삼손 법적으로 우리가 유리하게 만들자, 놈들이 먼저 시작하게 해. 40

그레고리 난 지나가면서 인상을 쓸 거야, 자기들 맘대로 받아들여 보라지.

삼손 암, 대들어 보라 그래. 난 그들에게 엄지를 깨물어 보일 테야, 그걸 참는 건 치욕이니까.

아브람 우리한테 엄지를 깨무는 거요? 45

삼손 내 엄지를 그냥 깨무는 겁니다.

아브람 우리한테 엄지를 깨무는 거냐고?

삼손 (그레고리에게 방백)
그렇다고 말하면 법적으로 유리해?

그레고리 (삼손에게 방백) 아니.

삼손 아뇨, 당신들한테 엄지를 깨무는 건 아니고 50
그냥 내 엄지를 깨무는 겁니다.

그레고리 싸움을 거는 거요?

아브람 싸움이라고요? 아뇨.

삼손	하지만 건다면 내가 상대하겠소. 나도 당신
	못지않으니까.
아브람	더 낫진 않겠지.
삼손	글쎄요.

55

벤볼리오 등장.

그레고리	'더 낫다.'고 그래, 저기 주인어른의 친척 한
	분이 오고 있어.
삼손	암, 더 낫지.
아브람	거짓말.
삼손	당신들이 남자라면 칼을 뽑아. 그레고리, 끝
	내주는 네 칼솜씨 잊지 마. (그들과 싸운다.)
벤볼리오	떨어져, 이 바보들아, 칼을 거둬, 무슨 짓을
	하는지도 모르면서. (그들의 칼을 쳐 누른다.)

60

65

티볼트 등장.

티볼트	뭐야, 밸도 없는 병신들 사이에서 칼을 뽑아?
	돌아서라 벤볼리오, 네 죽음을 쳐다봐.
벤볼리오	난 평화를 지키려 할 뿐이야, 칼을 거둬,
	아니면 나와 함께 이들을 떼 놓든지.
티볼트	칼을 뽑고 평화라고? 그 말이 난 미워,
	지옥과 몬터규네 모두와 너만큼 밉다고.

70

간다, 이 겁쟁이야.   (싸운다.)

서너 명의 시민들이 몽둥이나 창을 들고 등장.

시민들   몽둥이와 미늘창, 도끼창을 들어라! 쳐라! 저
들을 꺾어라! 쳐부숴라 캐풀릿 족! 쳐부숴라
몬터규 족!   75

관복 입은 캐풀릿 노인과 캐풀릿 부인 등장.

캐풀릿   이게 무슨 소리냐? 여봐라, 긴 칼을 가져와라!
캐풀릿 부인   목발을, 목발을 가져와라! 칼은 왜 찾아요?

몬터규 노인과 몬터규 부인 등장.

캐풀릿   칼을 달란 말이오! 몬터규 늙은이가 나와서
모욕적인 칼날을 휘두르고 있어요.
몬터규   캐풀릿 저 나쁜 놈! 잡지 말고 놓으시오!   80
몬터규 부인   원수를 찾겠다면 한 발짝도 못 나가요.

에스칼루스 군주, 시종들과 함께 등장.

군주   반역하는 신민들, 평화의 적들아,
이웃 피로 너희 칼을 더럽히는 자들아 —

안 들려? — 여봐라! 짐승 같은 인간들아!

너희의 혈관이 내뿜는 검붉은 피 분수로   85

너희의 그 사악한 분노의 불 끄겠다고?

고문이 두렵거든 피 비린 그 손에서

잘못 벼린 무기를 땅으로 내던지고

이 노한 군주의 판결을 들어라.

당신들, 캐풀릿과 몬터규 두 노인의   90

헛말로 생겨난 세 번의 소동으로

거리의 고요가 세 번이나 깨어졌고

그 때문에 베로나의 나이 든 시민들은

품위 있고 격에 맞는 장신구를 내던지고

당신들의 병든 미움 떼어 놓기 위하여   95

평화 익힌 늙은 손에 낡은 창을 잡게 됐다.

다시 한번 당신들이 짐의 거리 뒤흔들면

평화를 파괴한 값 생명으로 치르리라.

자 이제, 나머지 모두는 이 자리를 떠나라.

캐풀릿 당신은 나와 함께 가야겠소.   100

그리고 몬터규 당신은 오늘 오후

옛 자유 촌, 짐의 공공 재판소로 오시오,

이 건으로 짐의 뜻을 더 알려 줄 터이니.

102행 자유 촌 셰익스피어가 이 작품을 쓸 때 참고했던 아서 부룩(Arthur Brooke) 번역의 『로미우스와 줄리엣의 비극적 이야기』에 나오는 지명으로 거기에서는 캐풀릿의 성이었다. (아든)

다시 한번, 죽음이 두렵거든 해산하라.

(몬터규, 몬터규 부인, 벤볼리오만 남고 모두 퇴장)

몬터규 오래 묵은 이 분란을 누가 다시 터뜨렸나?   105

조카가 말해 보게, 처음부터 있었던가?

벤볼리오 어르신과 어르신 적대자의 하인들이

제가 오기 이전에 여기서 맞붙어 싸웠는데

제가 칼을 뽑아서 떼 놓으려 하는 순간

불같은 티볼트가 준비된 칼을 들고   110

도전의 입김을 저에게 내뿜으며

자신의 머리 위쪽 허공을 휙휙 갈랐지만

까딱없는 바람은 코웃음을 쳤답니다.

저희들 둘이서 치고받고 하는 동안

점점 많이 몰려와 편을 갈라 싸우다가   115

군주께서 나타나 양편을 갈라놓으셨지요.

몬터규 부인 오, 로미오는 어디 있지, 오늘 걔를 보았어?

이 다툼에 안 끼어서 천만다행이구나.

벤볼리오 마님, 숭배받는 태양이 동쪽 하늘 금빛 창에

얼굴을 내밀기 한 시간 전쯤에   120

마음이 산란하여 산책을 나간 저는

도시의 이편에서 서쪽으로 자라는

무화과나무의 관목 숲 아래에서

아침 일찍 산책하는 아드님을 봤습니다.

전 그리로 갔지만 그는 저를 알아보고   125

숲 속 깊은 곳으로 숨어 버렸답니다.

가장 인적 드문 곳을 가장 많이 찾으면서
저 하나의 숫자도 너무 많아 지겨웠던
제 심정에 비추어 그 심정을 헤아려 본 저는
그의 기분보다는 제 기분을 좇았고   130
기쁘게 달아난 친구를 기쁘게 피했지요.

몬터규 부인 거기서 아침에 여러 번 봤다고 하더구나.
신선한 아침 이슬 눈물로 부풀리고
깊은 한숨 구름을 구름에 더하면서.
하지만 만물에 생기를 불어넣는 태양이   135
가장 먼 동쪽에서 새벽 여신 침대의
검은 휘장 걷어 내기 시작하는 바로 그때
침울한 내 아들은 빛을 피해 집으로 숨어들고
자기 방에 자신을 은밀히 가두면서
창문을 닫아걸고 밝은 햇빛 몰아내어   140
스스로 가짜 밤을 만들어 낸단다.
충고를 잘해서 그 원인을 없애지 않으면
이 같은 기분은 불길한 결과를 낳을 거야.

벤볼리오 숙부님은 그 원인을 알고 계시는지요?

몬터규 알지도 캐내지도 못하고 있다네.   145

벤볼리오 이런저런 방법으로 캐물어 보셨어요?

몬터규 나 말고도 다른 많은 친구들이 그래 봤지.
근데 걔는 자신의 감정을 자신과 상담하며
(얼마나 참된진 모르나) 본인에게 충실하고
자신의 비밀을 너무나 철저히 지켜서,   150

꽃눈이 아름다운 꽃잎을 공중에 펼치거나
자신의 미색을 태양에게 바치지도 못하고
심술궂은 벌레에게 깨물렸을 때처럼
떠보거나 밝히기가 너무나 어렵다네.
이 슬픔의 출처를 찾을 수만 있다면   155
알려진 처방은 기꺼이 써 볼 거야.

로미오 등장.

벤볼리오   저기 오고 있군요. 물러나 주신다면
          슬픈 까닭 캐내거나 왕 퇴짜를 맞지요.
몬터규   조카가 여기 남아 솔직한 고백을
          듣게 되면 참 좋겠네. 자, 부인, 갑시다.   160
                         (몬터규와 부인 함께 퇴장)
벤볼리오   참 좋은 아침이야.
로미오   그렇게 이른가?
벤볼리오   9시를 갓 쳤어.
로미오   아, 슬픈 시간 길어 보여.
          재빨리 사라진 건 아버지 아니셨어?
벤볼리오   음. 무슨 슬픔 때문에 시간이 길어졌지?
로미오   가지면 짧아지게 되는 걸 못 가져서.   165
벤볼리오   사랑을?
로미오   못 얻어서.
벤볼리오   하는데도?

로미오	하는데도 애인의 마음을 못 얻어서.	
벤볼리오	아, 겉보기엔 그렇게도 부드러운 사랑이	170
	실제로는 그렇게 폭군처럼 거칠다니.	
로미오	아, 언제나 눈가리개 하고 있는 사랑이	
	눈도 없이 마음대로 제 갈 길을 찾다니.	
	어디서 식사할까? 오! 웬 다툼이 예 있었나?	
	하지만 말하지 마, 다 들었으니까. 그것은	175
	미움과 관련이 많지만 사랑과는 더 많아.	
	오 그럼, 싸우는 사랑이여! 사랑하는 미움이여!	
	오, 무에서 처음으로 창조된 만물이여!	
	오, 무거운 경박함, 심각한 허영심,	
	잘생긴 형체들의 보기 흉한 혼돈이여!	180
	납 깃털, 맑은 연기, 차가운 불, 병든 건강,	
	겉보기와 정반대인 뜬눈의 잠이여!	
	이런 사랑 난 느껴, 느끼지도 못하면서.	
	웃음이 나지 않아?	
벤볼리오	아니, 난 오히려 울고 싶어.	
로미오	착하긴. 왜?	
벤볼리오	착한 네 마음이 억눌려서.	185
로미오	그거야 사랑의 범법 행위 때문이지.	

170행 사랑 의인화된 사랑으로 큐피드를 가리킨다.
175~176행 그것은…많아 방금 있었던 싸움은 미움 때문이기도 하고, 로절린이
캐풀릿 쪽 사람이므로 사랑 때문이기도 하다. 그러나 사랑으로 인한 로미오
내면의 혼란이 공개적인 싸움보다 더 크다는 해석을 할 수도 있다. (아든)

가슴속에 누워 있는 무거운 내 비탄을
네 비탄이 올라타고 누르니까 그것이
새끼를 치려는 것이지. 네가 보인 사랑은
안 그래도 너무 많은 내 비탄을 키워 줬어.   190
사랑이란 한숨으로 만들어진 연기인데
정화되면 연인 눈에 반짝이는 불길이고
성질내면 연인의 눈물 먹고 자라는 바다야.
그밖에 뭐겠어? 대단히 신중한 광기이고
숨 막히는 쓸개즙, 썩지 않는 단 것이지.   195
잘 있어.

벤볼리오   잠깐만, 나도 함께 가야겠어.
날 이렇게 떠나는 건 부당한 대우야.

로미오   허, 난 나를 잃었어, 여기엔 없다고.
이것은 로미오가 아니고 다른 데 가 있어.

벤볼리오   누굴 사랑하는지 진지하게 말해 봐.   200

로미오   뭐라고, 신음하며 말하라고?

벤볼리오   신음? 아냐, 슬프게 그냥 말해, 누구인지.

로미오   병자더러 진지하게 유언하란 말이지?
너무 아픈 사람에게 뼈아픈 재촉이군.
진지하게 난 정말 한 여자를 사랑해.   205

벤볼리오   내가 추측했을 때 그 정도는 맞췄어.

로미오   넌 훌륭한 사수야, 내 애인은 아름답고.

벤볼리오   아름다운 과녁은 더 빨리 맞추잖아.

로미오   응, 그건 잘못 맞췄어. 큐피드의 화살로는

그녀를 못 맞춰. 디아나의 마음처럼   210
강력한 순결로 빈틈없이 무장해서
사랑의 치졸한 활 따위엔 영향을 안 받아.
그녀는 사랑한단 말 공략을 당하려 하지도
마주치는 눈 공격을 받으려 하지도 않으며
성자마저 유혹할 황금에도 무릎을 안 열어.   215
오, 그녀는 미모로는 부자이나 가난해,
죽을 때 그 풍요도 미와 함께 죽으니까.

벤볼리오   그럼, 언제나 순결하게 살겠다고 맹세했어?
로미오   음, 그렇게 아껴서 막대하게 낭비하지.
그녀처럼 가혹하게 굶어죽는 미모는   220
후손들의 모든 미모 잘라내기 때문이야.
그녀는 너무 곱고 똑똑하고, 똑똑하게
　　너무 고와
나를 절망시키고도 지복 누릴 자격 있어.
그녀는 맹세코 사랑을 물리쳤고 그 때문에
난 지금 죽었는데 살아서 이렇게 푸념해.   225

벤볼리오   내 충고를 따라 봐, 그녀 생각 잊어버려.
로미오   오, 생각부터 어떻게 잊을 건지 가르쳐 줘.
벤볼리오   네 눈에 자유를 부여하면 그리되지.
다른 미인 살펴봐.

210행 디아나 순결의 여신.
212행 치졸한 활 큐피드가 들고 다니는 조그만 활.

로미오	그렇게 해 봤자
	절묘한 그녀 미를 더 곱씹게 할 뿐이야. 230
	고운 숙녀 이마에 입 맞추는 행복한 가면은
	검기에 뒤에 감춘 흰 살결을 떠올리지.
	갑자기 실명한 사람은 잃어버린 보물인
	자신의 소중한 시력을 못 잊어.
	빼어나게 아름다운 아가씨를 보여 줘 봐, 235
	그녀의 미모는 누가 그 빼어난 미녀보다
	더 빼어난지를 알리는 주석밖에 더 되겠어?
	잘 가, 넌 내게 잊는 법을 못 가르쳐.
벤볼리오	그 비법을 못 전하면 난 빚지고 죽을 거야.

(함께 퇴장)

1막 2장

캐풀릿, 파리스와 하인 한 명 등장.

캐풀릿	하지만 몬터규도 나처럼 같은 벌로
	규제를 받으니까 우리 같은 늙은이가
	평화를 지키는 게 어렵진 않을 것 같구먼.
파리스	두 분 다 신망이 높으신 어른인데
	그리 오래 반목하며 사시다니 유감이죠. 5

1막 2장 장소 베로나의 길거리.

	그런데 어르신, 제 청에 대답을 좀?	
캐플릿	전에 했던 대답을 다시 할 수밖에.	
	우리 애는 아직도 세상이 낯설다네,	
	열네 번의 해 바뀜도 다 보지 못했어.	
	여름의 기세가 두 번만 더 꺾이거든	10
	신붓감이 될 만하다 생각해 보세나.	
파리스	더 어린데 행복한 어머니도 있습니다.	
캐플릿	너무 빨리 됐다가는 너무 일찍 망가지네.	

그 애 말고 내 희망은 땅속에 다 묻혔고
그 애만이 내 땅의 희망 품은 처녀라네.   15
하지만 파리스 군, 구애로 걔 마음을 얻게나.
그 애의 허락에서 내 뜻은 일부일 뿐이고
그 애가 동의하면 그 선택의 범위 안에
내 허락, 고운 화답, 모두 다 들어 있네.
오늘 저녁 관습 따라 옛 축제를 여는데   20
난 내가 아끼는 많은 분을 초대했고
자네도 최고로 환영받는 하나로서
늘어나는 내 손님 한가운데 들어 있네.
어두운 하늘을 밝히면서 땅을 밟는 별들을
누추한 내 집에서 오늘 밤 바라보게.   25
차려입은 사월이 절름발이 겨울 뒤를
바싹 따라왔을 때 활기찬 청년이 느끼는
바로 그런 기쁨을 오늘 밤 내 집에서
신선한 회향꽃 봉오리들 가운데서

얻을 수 있을 걸세. 다 보고 다 들은 뒤   30
최고의 규수를 최고 많이 좋아하게.
여럿을 보고 나면 내 딸은 하나로서
숫자에는 들어가나 계산에는 빠지겠지.
자, 같이 가세.
　(하인에게) 나가 봐, 베로나 거리를
터벅터벅 걸으면서 거기에 이름 적힌   35
사람들을 찾아내어 그분들께 전하라,
내 집안과 환영이 기다리고 있노라고.
　　　　　　　　　(캐퓰릿과 파리스 함께 퇴장)

하인　여기 이름 적힌 사람들을 찾아내라. 이건 마
치 구두장이에겐 자를 주고 양복장이에겐
구두골을, 고기잡이에겐 붓을, 그림쟁이에겐   40
그물을 주고 일하라는 것과 같지 뭐야. 그런
데도 날더러 여기에 이름 적힌 사람들을 찾
으라는데 이름 적은 사람이 여기에 적어 놓
은 이름을 알 수가 있어야지. 배운 사람한테
가야지 별수 없군. 때마침 잘됐다.   45

벤볼리오와 로미오 등장.

벤볼리오　허 참, 맞불을 놓으면 타는 불도 꺼지고
큰 통증에 작은 아픔 줄어들게 된다니까.
돌고 어지러우면 거꾸로 돌아서 바로잡아.

	불치의 슬픔도 딴 슬픔이 길어지면 사그라져.
	네 눈이 새로운 열병에 걸려 봐, 50
	옛것의 깊은 독은 없어지게 될 테니까.
로미오	그런 데는 질경이 잎사귀가 아주 좋지.
벤볼리오	어떤 데 좋은데?
로미오	정강이 까진 데.
벤볼리오	아니, 로미오, 너 미쳤어.
로미오	아니, 하지만 미치광이보다 더 묶여 있어. 55
	감옥에 갇혀 있고 음식도 못 먹으며
	채찍에다 고문에다 — 기분 좋은 오후야.
하인	좋은 오후 보내십쇼. 저, 읽을 줄 아시는지?
로미오	암, 내 불행 속에서 내 운명쯤이야.
하인	그건 아마 외우신 거겠죠. 하지만 저, 보이는 60
	건 뭐든지 읽을 줄 아시는지?
로미오	암, 말과 글자를 안다면야.
하인	정직한 말씀이네요, 안녕히 계십쇼.
로미오	이봐 멈춰, 읽을 줄 알아. (편지를 읽는다.)
	'마르티노 어른과 부인 및 따님들. 65
	안셀름 백작과 아름다운 자매들.
	유트루비오님의 미망인.
	플라센티오 어른과 사랑스러운 질녀들.
	머큐쇼와 그의 형 밸런타인.
	캐풀릿 숙부님과 부인 및 따님들. 70
	내 고운 질녀인 로절린과 리비아.

발렌티오 어른과 그의 사촌 티볼트.
루시오와 발랄한 헬레나.'

아름다운 모임이군. 이분들이 어디로 가시

는데?　　　　　　　　　　　　　　　　　　　75

하인　위로요.

로미오　어디로, 저녁 하러?

하인　우리 집으로요.

로미오　누구네 집인데?

하인　주인님 집이죠.　　　　　　　　　　　　80

로미오　그걸 먼저 물었어야 하는 건데.

하인　이젠 묻지 않아도 가르쳐 드리죠. 제 주인님
　은 큰 부자인 캐퓰릿 어른이신데, 당신이 몬
　터규네 사람이 아니라면 와서 포도주나 한
　잔 걸치시죠. 안녕히 계십쇼!　　　(퇴장)　85

벤볼리오　캐퓰릿 가문의 오래된 축제에서
　　그렇게도 사랑하는 네 고운 로절린이
　　베로나의 감탄할 미녀들과 저녁을 같이해.
　　거기로 간 다음 아니 물든 눈으로
　　내가 봬 줄 몇 사람과 그녀 얼굴 비교해 봐,　90
　　네 백조를 까마귀로 생각하게 해 줄 테니.

71행 로절린 관객들은 아직도 로절린이 로미오의 애인인지 확실히 모른다. 그
러나 그녀에게 빠져 있는 로미오는 그 이름을 말할 때 무슨 반응을 보일 수
밖에 없을 것이고, 벤볼리오는 곧(87행) 로미오가 누구를 사랑하는지 확인
해 준다.

로미오	내 눈에 담겨 있는 독실한 신앙심이
	그런 거짓 믿는다면 눈물은 불이 되어
	이것들, 여러 번 빠져도 절대로 안 죽는
	투명한 두 이단자는 거짓말쟁이로
	타 죽어야 해.

95

내 님보다 더 예뻐! 모든 것 다 보는 태양도

그녀와 견줄 만한 여자는 태초 이래 못 봤어.

벤볼리오	참, 아무도 없는 데서 예쁘게 보았겠지,
	양쪽 눈에 꼭 같은 여자를 올려놓고.
	하지만 그 수정 접시로 축제에서 빛나는

100

또 하나의 처녀를 보여 줄 터이니

님 향한 네 사랑과 비교하며 달아 봐.

그러면 최고 같은 그녀도 별 볼일 없을걸.

로미오	따라가지, 그런 장면 보려는 게 아니라
	내 님의 광채에 환희하기 위하여. (함께 퇴장)

105

94행 이것들 다음 줄에서 말하는 '투명한 이단자' 즉, 자신의 두 눈을 가리킨
다. 만약에 자기 눈이 거듭되는 눈물의 홍수에도 빠져 죽지 않고(멀지 않
고) 물 위로 떠오른다면 그것들은 악마와 결탁한 이단자가 분명함으로 화형
에 처해 마땅하다. (아든)
100행 수정접시 로미오의 눈.

1막 3장
캐풀릿 부인과 유모 등장.

캐풀릿 부인   유모, 딸애는 어딨어? 이리 좀 불러오게.

유모   쉰네의 열두 살 적 처녀성에 맹세코
오시라 했는데요. 아, 순한 양! 아, 꾀꼬리!
맙소사. 이 아가씨 어디 있지? 아, 줄리엣!

줄리엣 등장.

줄리엣   웬일이야, 누가 불러?

유모   마님께서.   5

줄리엣   어머니, 여기요. 왜 부르셨어요?

캐풀릿 부인   사정을 들어 봐. 유모는 잠시만 나가 있게,
비밀 얘기 있으니까. 아 유모, 되돌아와.
생각났어, 우리의 의논을 듣는 게 좋겠어.
딸애 나이 꽤 든 건 자네도 알고 있지.   10

유모   아이참, 시간까지 맞출 수 있는걸요.

캐풀릿 부인   열넷은 안 됐지.

유모   제 이빨 열넷에 맹세코 —
그런데 슬프게도 넷밖에 안 남아서 —
열넷은 아니에요. 수확제 날까지

1막 3장 장소 베로나. 캐풀릿의 저택.

얼마나 남았지요?

캐풀릿 부인　　　　　　　　열나흘쯤 될 거야.　　　　　　15

유모　쯤이든 쯤이든 한 해의 모든 날 가운데
수확제 날 저녁이면 열넷이 될 거예요.
수전과 아가씨가 — 신자들의 명복을! —
같은 나이였는데 수전은 하느님께 갔지요,
분에 넘쳤으니까. 하지만 말씀드렸다시피　　　　20
수확제 저녁이면 열넷이 된답니다.
암요, 그렇게 되지요, 똑똑히 기억나요.
올해로 지진 난 지 십일 년이 되었고
아가씨가 젖 뗀 건 — 그건 절대 못 잊어요. —
한 해의 모든 날 가운데 그날이었으니까.　　　　25
그때 전 젖꼭지에 쓴 쑥물을 바르고
비둘기장 벽 밑에서 햇볕 쬐고 있었어요.
주인님과 마님께선 만토바에 계셨고 —
제 머리도 괜찮죠. 하지만 말씀드렸다시피
고것이 제 젖꼭지 쑥물을 맛보고 나서는　　　　30
쓰다는 걸 느끼고, 고 어린 예쁜 것이
아리단 걸 알고서는 제 젖통을 떠밀었죠.
아이쿠! 비둘기장 흔들리네. 참말이지
다시 바를 필요가 없었어요.

14행 수확제 8월 1일에 열리는 축제.
33행 아이쿠 흔들리네 지진 때문에.

그리고 그 뒤로 십일 년이 지났네요.　35
그때 얘는 혼자 설 수 있어서, 예, 맹세코,
뒤뚱대며 주위를 다 뛰놀 수 있었어요.
왜냐하면 그 전날만 하더라도 이마를 깼는데
제 남편이 — 하느님이 보살펴 주시기를!
유쾌한 사람이었어요. — 아기를 일으키며　40
'그래, 얼굴을 처박고 넘어졌단 말이지?
좀만 더 꾀가 나면 뒤쪽으로 넘어질걸,
안 그래, 줄?' 했으니까요. 그런데 거참,
고 예쁜 게 울음을 뚝 멈추고 '응.' 그랬어요.
이제 그 농담이 진짜가 될 판이네!　45
장담컨대 이 몸이 천년을 산다 해도
그건 절대 못 잊어요. '안 그래, 줄?' 했는데
고 예쁜 게 뚝 그치고 '응.' 그랬어요.

캐풀릿 부인　그 얘기는 됐으니 제발 입 좀 다물게.

유모　예 마님. 하지만 고것이 울음을 뚝 멈추고　50
'응.' 한 걸 생각하면 웃을 수밖에요.
하지만 장담컨대 고것의 이마 위에
어린 수탉 불알만 한 혹이 돋아났었고 —
위험하게 부딪혔죠. — 괴롭게 울었어요.
제 남편은 '그래, 얼굴을 처박고 넘어져?　55
앞으로 나이 차면 뒤쪽으로 넘어질걸,
안 그래, 줄?' 했는데 뚝 그치고 '응.' 했어요.

캐풀릿 부인　유모도 뚝 그쳐, 제발 좀 그만하게.

유모	예, 끝났어요. 아가씨께 하느님의 은총을!
	제가 기른 아기 중에 최고로 예뻤는데 60
	아가씨가 결혼 한번 하는 걸 살아서 본다면
	소원이 없겠어요.
캐풀릿 부인	맞았어, '결혼'이 내가 말을 하려던
	바로 그 주제야. 줄리엣, 얘기해 봐,
	결혼하는 것에 대한 네 의향은 어떠냐? 65
줄리엣	그건 제가 꿈꾸지 않았던 영예예요.
유모	영예예요. 유모가 나 말고 여럿이 있었다면
	내 젖 먹고 똑똑해졌다고 말할 텐데.
캐풀릿 부인	이제는 생각해 보거라. 너보다 어린데도
	여기 이곳 베로나의 지체 높은 숙녀들이 70
	이미 어미 되었단다. 내 계산으로는
	지금 네 처녀 나이 엇비슷했을 적에
	나도 네 어미였다. 짤막하게 얘기하마.
	용감한 파리스가 네 사랑을 구한단다.
유모	남자예요, 아가씨. 아가씨, 온 세상이 75
	그런 남자 — 아, 그분은 밀랍 인형 같아요.
캐풀릿 부인	베로나의 여름에도 그런 꽃은 없단다.

67~68행 유모가…텐데 유모의 소탈한 유머 가운데 하나. 그녀는 줄리엣의 천성적인 총명함이 자기 젖에서 나왔다는 것을 — 그게 아닌 것처럼 말하면서 — 자랑스럽게 내비친다. (아든)
76행 밀랍 인형 밀랍으로 빚은 인형처럼 완벽하게 잘생겼다는 말. (리버사이드)

유모	예, 그분은 꽃이에요, 정말로 꽃이에요.
캐풀릿 부인	그래, 이 신사를 사랑할 수 있겠느냐?
	오늘 저녁 연회에서 그를 보게 될 것이다. 80
	파리스의 젊은 얼굴, 그 책을 읽은 다음
	아름답게 적어 놓은 기쁨을 거기서 찾아봐라.
	조화롭게 연결된 모든 특징 다 살피고
	그것들이 어떻게 서로 만족하는지 본 다음
	이 고운 책에서 알기 힘든 내용은 85
	눈가에 적혀 있을 테니까 찾아봐라.
	이 귀중한 사랑의 책, 제본 안 된 연인은
	그것을 아름답게 꾸며 줄 표지만 없단다.
	물고기가 물에 살 듯 미남은 미녀를
	품속에 안는 것이 아주 자랑스럽고 90
	금빛 걸쇠 안쪽에 금빛 얘기 담은 책은
	수많은 사람들과 그 영광을 나눈단다.
	너 또한 그의 모든 재산을 그렇게 나눌 거야,
	그를 소유함으로써 작아지지 않으면서.
유모	작다니, 커지죠. 여자 배는 남자가 불려요. 95
캐풀릿 부인	짧게 말해 보려무나. 좋아할 수 있겠느냐?
줄리엣	보아서 좋은 마음 생긴다면 좋도록 보지요.
	하지만 어머니 마음에 드시는 데까지만
	제 눈길을 주도록 해 보겠습니다.

부엌 하인 등장.

부엌 하인	마님, 손님들은 오셨고 저녁상은 올렸고 마	100
	님을 찾고 있고 아가씨를 부르고 있고 주방	
	에선 유모를 저주하고, 모든 게 극에 달했습	
	니다. 전 시중들러 가야 하는데 곧바로 따라	
	오시기 바랍니다. (퇴장)	
캐풀릿 부인	곧 따르마. 줄리엣, 백작이 기다린다.	105
유모	아가씨, 행복한 낮에 이어 행복한 밤 찾아요.	
	(함께 퇴장)	

1막 4장
로미오, 머큐쇼, 벤볼리오, 대여섯 명의
다른 가장무도회 참가자들 및
횃불잡이들과 함께 등장.

로미오	뭐라고? 변명 삼아 소개말을 할 거야?	
	아니면 해명 없이 앞으로 나갈 거야?	
벤볼리오	장황하게 설명하던 시대는 지났어.	
	우리는 수건으로 눈 가린 큐피드처럼	
	물감 칠한 타타르 졸대 활로 숙녀들을	5

1막 4장 장소 베로나. 캐풀릿의 저택 앞.
5행 타타르…활 타타르 족의 짧고 굽은 활은 영국의 긴 활보다 큐피드가 들고
다니는 입술 모양의 활에 더 가까웠을 것으로 추정된다. (리버사이드)

허수아비 새 쫓듯이 겁주지도 않을 거고
입장하기 위하여 외워 온 서문을
프롬프터 따라서 맥없이 읊지도 않을 거야.
자기네들 마음대로 박자를 정하면
박자 맞춰 한 박자 밟아 주고 나올 거야.   10

로미오 횃불이나 하나 줘, 그런 동작 못 하겠어.
난 마음이 무거우니 불이나 밝힐 거야.

머큐쇼 안 되지 로미오, 넌 춤을 춰야 해.

로미오 정말이지 난 아냐. 넌 바닥이 가벼운
춤 신발을 신었지만 내 마음의 납 바닥은   15
땅 위에 날 붙잡아 꼼짝도 못 하게 해.

머큐쇼 넌 연인이잖아, 큐피드의 날개 빌려
보통 사람 한계 넘어 날아올라 보라고.

로미오 큐피드의 가벼운 깃털로 날기에는
내 몸에 그의 화살 너무 깊이 박혀 있고   20
맥 빠진 비탄의 한계를 못 넘는 게 내 한계야.
무거운 사랑의 짐 때문에 축 내려앉았어.

머큐쇼 네가 내려앉으면 사랑에겐 짐 될 텐데 ―
부드러운 것에게 너무 큰 압박이지.

로미오 사랑이 부드러워? 너무나 거칠고   25
난폭하고 시끄럽고 가시처럼 찌르는데.

머큐쇼 사랑이 거칠게 굴거든 거칠게 상대해.
찌를 때 되찌르면 사랑은 풀이 죽어.
내 얼굴 가려 줄 탈 하나 이리 줘.

	가리개에 가리개라! 찌그러진 내 얼굴을	30
	호기심에 찬 눈들이 뜯어보면 어때서?	
	이 송충이 눈썹이 대신 얼굴 붉힐 거야.	
벤볼리오	자, 노크하고 들어가. 들어가자마자	
	모두들 각자의 다리를 움직여.	
로미오	난 횃불 들 거야. 마음 들뜬 난봉꾼은	35
	무감각한 골풀이나 뒤꿈치로 문질러.	
	노름판은 촛불 든 사람이 가장 잘 본다는	
	옛 어른들 속담이 내 처지에 맞으니까.	
	끗발이 최고일 때 난 일어설 거야.	
머큐쇼	어, 동작 그만. 순경 나리 하시는 말씀이야.	40
	일어설 거라면 우리가 빼내 주지,	
	네가 지금 머리까지 처박힌, 거, 냄새나는	
	사랑의 늪에서. 자, 태양이 타고 있어!	
로미오	어, 지금은 밤인데.	
머큐쇼	내 말은 지체하면	
	대낮의 불빛처럼 횃불만 허비한단 뜻이야!	45
	좋은 뜻을 새겨들어, 그 속엔 오감보다	
	다섯 배나 더 많은 이치가 들어 있으니까.	
로미오	이 가장무도회에 가는 뜻은 좋으나	
	이치엔 맞지 않아.	

36행 골풀 엘리자베스 시대 집 안의 방바닥에는 골풀이 깔려 있었고 아마
극장 무대 위에도 깔려 있었을 것이다. (아든)

머큐쇼	왜 그런지 물어볼까?
로미오	간밤에 꿈을 꿨어.
머큐쇼	그야 나도 그랬지.	50
로미오	무슨 꿈을 꿨는데?
머큐쇼	개꿈이 많다는 거.
로미오	잠자면서 때로는 맞는 꿈도 꾸는데.
머큐쇼	아, 그렇다면 맵 여왕이 나타났던 모양이군.

그녀는 산파의 역할 하는 요정인데
시의원의 집게손가락 위의 마노보다   55
크지 않은 정도의 몸집을 하고서
눈곱만 한 짐승들이 이끄는 마차 타고
잠자는 사람들의 코 위를 지나가지.
그녀의 마차는 속이 텅 빈 개암인데
잊어버린 옛적부터 요정 마차 제작가인   60
가구장이 다람쥐나 땅벌레가 만들었어.
그 차의 바퀴살은 긴 거미 다리이고
덮개는 잠자리 날개로 돼 있으며
그녀의 봇줄은 가장 작은 거미줄,
말 목 띠는 물 머금은 달빛으로 빚어졌고   65

53행 맵 여왕 셰익스피어가 지어낸 인물로 추정된다. (리버사이드) 아일랜드
의 요정인 맙(Mabh)이라는 설도 있다. (아든)
54행 산파의 역할 요정들의 출산을 도와준다는 말이 아니라 인간의 환상을
꿈속에서 실현하게 해 주는 요정이란 뜻이다. (아든)

채찍은 귀뚜라미 뼈이며 그 끈은 가는 실,
마부는 회색 빛 외투 입은 날벌레로
게으른 처녀의 손가락 밑에서 끄집어낸
조그마한 둥근 벌레 반만큼도 크지 않아.
이 상태로 그녀가 밤마다 질주할 때 닿는 곳이   70
연인들 뇌 속이면 그들은 사랑을 꿈꾸고
궁정인 무릎 위면 그는 곧 절하는 꿈꾸고
변호사 손이면 그는 곧 사례금 꿈꾸고
숙녀들 입술 위면 그들은 곧 키스를 꿈꾸는데
그 입에서 달콤한 과자 냄새 풍긴다고   75
화난 맵이 거길 자주 물집으로 괴롭히지.
때로는 그녀가 궁정인의 코 위를 질주하면
그는 청원 한 건을 냄새 맡는 꿈꾸고
때로는 십일조 돼지의 꼬리를 들고 와서
잠자는 교구 목사 코끝을 간질이면   80
그이는 또 하나의 성직을 꿈꾸게 돼.
때로는 그녀가 군인의 목 위를 지나가면
그는 외적 모가지를 여러 개 자르거나
돌파구나 잠복이나 스페인제 검이나
폭탄주를 꿈꾸다가, 곧이어 그의 귀에   85
북을 둥둥 울려 주면 깜짝 놀라 깨어나서

84행 스페인제 검 스페인의 톨레도에서 제조된 검은 그 품질로 유럽 전역에 이름을 떨쳤다. (아든)

잔뜩 겁을 먹은 채 잠시 기도 드린 다음
다시 잠에 빠진다네. 바로 이 맵 요정이
말들의 갈기를 한밤중에 엮어 놓고
더러운 년 머리카락 헝클어 놓는데   90
그걸 일단 풀게 되면 큰 불행이 생기지.
바로 이 요괴가 잠자는 처녀들을 짓누르고
무게를 견디는 법 처음으로 가르쳐서
몸가짐이 훌륭한 여인들을 만든다네.
바로 이 ─

로미오   잠깐 잠깐, 머큐쇼, 잠깐만.   95
네 얘기는 헛소리야.

머큐쇼   맞아, 꿈 얘기를 하니까.
꿈이란 건 한가로운 두뇌의 산물인데
생긴 곳은 다름 아닌 공허한 환상이고
그 환상은 공기처럼 속이 텅 비었으며
변덕스러운 바람보다 더 변덕스러워서   100
당장은 얼어붙은 북쪽 나라 좋아하나
화가 나면 거기에서 휙 하고 방향 바꿔
이슬비 내리는 남쪽으로 날아가지.

벤볼리오   그 바람에 우리는 먼 곳으로 날려 갔어,
너무 늦게 도착하여 저녁은 끝났을걸.   105

로미오   난 너무 일찍이 겁이 나. 내 마음은
아직은 별들에 달려 있는 그 어떤 결말의
두려운 기일이 오늘 밤 축연에서

비참하게 시작되고, 내 가슴에 갇혀 있는

멸시받은 생명이 때 이른 죽음으로   110

천하게 만료되지 않을까 불안해하니까.

하지만 내 항로를 조종하는 그분께서

방향을 결정하리. 자, 활기차게 앞으로!

벤볼리오   북을 쳐라.

> (그들은 무대 위를 이리저리 행진하다가
>
> 한쪽에 서 있다.)

1막 5장

부엌 하인들이 식탁보를 들고 앞으로 나온다.

부엌 하인 1   팟팬 어디 갔어, 치우는 일 안 도와주고? 나
무 접시 자기가 옮겨야지! 자기가 닦아야지!

부엌 하인 2   좋은 손버릇이 모두 다 한두 사람의 손에,
게다가 씻지도 않은 손에 달렸다면 더러운
거야.   5

부엌 하인 1   의자 가져가, 선반 좀 꺼내고, 은그릇을 조
심해. 이보게, 사탕 과자 한 조각만 남겨 줘.
그리고 내가 밉지 않거든 문지기한테 말해

112행그분 섭리자인 하느님, 또는 사랑의 신.
1막 5장장소 캐풀릿 저택의 무도장.

서 수전 그린드스톤과 넬이 들어오게 해
줘. ― (하인 2 퇴장) 안토니, 팟팬!　　　　　　10

안토니와 팟팬 등장.

안토니　아 그래, 여깄어.

부엌 하인 1　큰방에서 널 찾고 부르고 물어보고 수소문
하고 있어.

팟팬　우리가 여기저기 다 있을 순 없잖아. 이보게
들, 힘내! 잠깐만 기운 차려, 오래 사는 게 장　　15
땡이야.　　　　　　　　　　　　　(함께 퇴장)

캐퓰릿, 캐퓰릿 부인, 줄리엣, 티볼트,

유모 및 부엌 하인들과 모든 손님 및 귀부인들,

가장무도회 참가자들에 더하여 등장.

캐퓰릿　신사분들, 잘 오셨소, 발가락에 티눈 없는
숙녀들이 여러분과 한 바퀴 돌 겁니다.
자 우리 아가씨들, 춤추지 않을 사람

9행 수전…넬 높은 분들의 잔치가 끝난 다음 벌어질 하인들의 파티에 올 처녀
들. (뉴펭귄)
10행과 11행 사이 무대 지시문, 안토니와 팟팬 등장 아든 판에는 없으나, 리버사이드
판을 따랐다.

이 가운데 있어요? 까다롭게 구는 여자,　　　　20
맹세코 티눈이 났답니다. 정곡을 찔렀지요?
어서들 오십시오! 이 몸도 한때는 가면 쓰고
고운 숙녀 귓속에 즐거운 이야기를
속삭일 수 있었는데, 다, 다 지나갔어요.
잘 오셨소, 신사분들! 악사들은 연주하라.　　　25
자, 자, 자리를 만들고! 처녀들은 춤춰요!
　　　　　　　　　　(음악이 연주되고 춤을 춘다.)
애들아, 불을 좀 더 밝히고 이 상들은 치워라.
거기 불 좀 죽이고, 방이 너무 더워졌어.
이보게, 예상 못 한 손님들이 와 주셨어.
아니 앉게, 앉으라고, 캐퓰릿 사촌 동생,　　　30
자네와 난 춤출 나이 지나 버렸으니까.
우리 둘이 가장무도회에 참석해 본 지가
얼마나 되었지?

캐퓰릿 사촌　　　　　그것 참, 삼십 년이네요.

캐퓰릿　　뭐, 그렇게 많지 않아, 그렇게 많지 않아.
오순절이 제 아무리 빨리 다가온대도　　　35
루센티오 혼례 이래 이십오 년쯤 됐어.
바로 그때 우리가 가면 쓰고 춤을 췄어.

캐퓰릿 사촌　　더 됐어요, 그 아들의 나이가 얼만데요.

35행 오순절　부활절 후 일곱 번째 일요일에 있는 축제로 성령이 사도들 위에
강림한 것을 축하한다.

서른이랍니다.

캐풀릿촌   그렇단 말이지?

이 년 전엔 그 애가 미성년이었는데.   40

로미오   저기 저 기사 손의 값어치를 높여 주는

저 숙녀는 누구지?

부엌 하인   모르겠습니다.

로미오   오, 햇불보다 더 밝게 빛나는 아가씨다.

검은 여인 귓밥 위의 값비싼 보석처럼

밤의 뺨에 그녀가 걸린 것 같구나 —   45

땅 위에서 쓰기엔 너무 귀한 아름다움.

까마귀 무리 속의 흰 눈 같은 비둘기가

자기 또래 가운데 저 건너 숙녀구나.

춤곡이 끝났을 때 서 있는 곳 지켜보고

그녀 손을 만지면 거친 내 손 복 받으리.   50

내가 사랑했었던가? 시각이여 부인하라,

진정한 아름다움 이 밤에야 봤으니까.

티볼트   목소리를 들어 보니 몬터규가 틀림없다.

야, 내 단검 가져와. (소년 퇴장) 어떻게 놈이 감히

괴면상을 덮어쓰고 이곳에 나타나   55

우리의 축하연을 깔보면서 조롱하지?

이놈을 쳐 죽여도 죄가 되진 않을 거다.

캐풀릿   아니, 왜 그러나, 왜 그렇게 격분했어?

티볼트   어르신, 이자는 몬터규, 우리의 적입니다.

자식이 악심 품고 이곳에 나타나   60

오늘 밤 축하연을 조롱하고 있어요.

캐풀릿 로미오 청년인가?

티볼트 　　　　　　예, 로미오 자식이요.

캐풀릿 진정해라 조카야, 내버려 두어라,
예의 바른 신사처럼 행동하고 있잖으냐.
그리고 사실은 베로나 사람들이 그 애를　　　65
선량하고 행실 바른 젊은이로 뽐낸단다.
이 도시의 모든 재물 다 준대도 그에게
바로 여기 내 집에서 무례하진 않을 테다.
그러니 참아라, 신경 쓰지 말거라.
내 뜻이야, 네가 그걸 존중할 생각이면　　　70
고운 태도 보이고 우거지상 치워라,
잔치에는 그런 표정 어울리지 않는단다.

티볼트 저런 놈이 손님으로 있을 때는 맞는데요.
못 봐주겠습니다.

캐풀릿 　　　　　　봐줘야 할 것이야.
뭐, 후레자식 같으니! 봐줘야 한댔지, 허 참!　　75
누가 여기 주인이냐, 너냐, 나냐? 허 참!
못 봐준단 말이지! 하느님 맙소사,
손님들 사이에서 폭동을 일으키겠다고,
난장판 벌여 놓고 혼자 으스대겠다고!

티볼트 아니, 삼촌, 창피해요.

캐풀릿 　　　　　　허 참, 허 참.　　　80
건방진 애로구나. 정말로 그러냐?

이렇게 장난치면 다칠 거야. 빈말 아냐.
내 뜻을 거역해야겠다고. 허 참, 이쯤에서 ―
좋습니다, 여러분 ― 뻔뻔스러운 놈 같으니,
조용해, 안 그러면 ― 불을 더! 불을 더! ―
　창피해서　　　　　　　　　　　　　　　　　85
입 다물게 해 주마. 하, 여러분, 즐겁게!

티볼트　강요된 인내심과 외고집 울화통이 만나니
서로 다른 인사말에 살이 다 떨린다.
난 물러나겠다만 이번 침입 사건은
지금은 달콤한 듯해도 쓰디쓴 담즙 되리. (퇴장)　90

로미오　(줄리엣에게)
너무나 가치 없는 이 손으로 제가 만일
이 성전을 더럽히면 제 입술은 곧바로
얼굴 붉힌 두 순례자처럼 부드러운 키스로
거친 접촉 지우려는 고상한 죄 짓겠지요.

줄리엣　순례자님, 경건함을 이렇게 공손하게　　　95
보여 주는 그 손에게 너무 잘못하세요,
성자상도 순례자가 만져 보는 손이 있고
맞닿은 손바닥은 순례자의 키스인데.

로미오　성자상도 순례자도 입술은 있잖아요?

줄리엣　예, 순례자님, 기도에 써야 하는 입술이죠.　　100

87~88행강요된…떨린다 삼촌의 명령에 할 수 없이 복종해야 하는 굴욕감과 거기에 반발하여 분노하는 마음으로 치를 떠는 티볼트 자신을 설명한다.

로미오   그렇다면 성자여, 입술로 손일을 합시다.

            기도를 ― 허락해요, 믿음이 절망 되지 않도록.

줄리엣   성자상은 기도는 허락하나 움직이진 못해요.

로미오   그렇다면 기도하는 동안에 움직이지 말아요.

                         (그녀에게 키스한다.)

            이렇게 내 죄는 그대의 입술로 씻기었소.   105

줄리엣   그렇다면 내 입술로 죄가 옮겨 왔군요.

로미오   내 입술에서요? 오, 이 달콤한 범법 재촉!

            내 죄를 돌려 줘요.   (그녀에게 다시 키스한다.)

줄리엣   책에 적힌 키스네요.

 유모   아가씨, 어머니가 꼭 하실 말씀이 있답니다.

                (줄리엣은 어머니쪽으로 움직인다.)

로미오   어머니가 누군가요?

 유모   원 이런, 젊은이,   110

            아가씨 어머니는 이 집의 안주인이시고

            훌륭하신 부인이며 똑똑하고 정숙해요.

            당신과 말을 나눈 따님을 이 몸이 키웠는데

            정말이지 그녀를 손에 넣는 남자는

            한밑천 잡을 거요.

로미오   그녀가 캐풀릿?   115

91~104행 너무나…말아요 로미오와 줄리엣의 첫 대화는 소네트(14행시) 형식
으로 되어 있다. 로미오의 4행시, 줄리엣의 4행시, 두 사람의 4행시, 그리고
두 사람의 2행 연구와 키스로 이 소네트가 완성된다.

오, 가혹한 벌이다! 적에게 생명을 빚지다니.

벤볼리오 자, 떠나자, 놀이가 절정에 이르렀어.

로미오 그런 것 같아서 내 불안은 더 커졌어.

캐풀릿 아니, 여러분, 떠날 준비 마시오,

보잘것없지만 다과를 내오려 합니다. 120

　　　　　　　　　(그들이 그의 귀에 속삭인다.)

그렇단 말이지요? 그럼 모두 고맙소.

고맙소, 훌륭한 신사분들, 잘 가시오.

횃불 더 가져와라! 자 그럼, 자러 가자.

(캐풀릿 사촌에게)

이보게, 참말이지, 밤이 많이 늦었어,

난 가서 쉬려네. 125

　　　　　　(줄리엣과 유모만 남고 모두 함께 퇴장)

줄리엣 아 유모, 이리 와 봐. 저 신사는 누구지?

유모 티베리오 노인의 아들이며 상속인요.

줄리엣 지금 문을 나서는 저 사람은 누구고?

유모 음, 저건 페트루시오의 아드님 같은데요.

줄리엣 여기까지 따라와 춤을 안 춘 저 사람은? 130

유모 몰라요.

줄리엣 가서 이름 물어봐. 그가 만일 기혼이면

무덤이 내 신혼의 침대가 될 것 같아.

유모 이름은 로미오고 몬터규네 사람이며

큰 원수 집안의 외동아들이래요. 135

줄리엣 하나뿐인 미움이 하나뿐인 사랑을 낳다니.

모르고 너무 일찍 만났고 너무 늦게 알았다.
혐오스러운 원수를 사랑해야 하다니
나에게 이 사랑은 불길한 탄생이다.

유모 뭐라고요, 뭐라고?

줄리엣   같이 춤춘 사람에게   140
방금 배운 시 한 수야.

                      (안에서 누가 '줄리엣' 하고 부른다.)

유모   곧 갑니다, 곧 가요!
자 어서, 낯선 사람 모두 다 떠났어요.

                               (함께 퇴장)

2막

해설자 등장.

해설자 옛 욕망은 바야흐로 죽음을 맞이하고
자라나는 애정이 뒤잇기를 갈망하며
신음에다 죽음까지 바치려던 미녀는
온화한 줄리엣에 비하니 미녀가 아니라네.
매력적인 용모에 서로가 현혹되어   5
이제야 로미오는 사랑 받고 또 하지만
추정된 적에게 한탄해야만 하고 그녀 또한

2막해설자 1막의 서두처럼 해설자의 대사는 소네트 형식으로 되어 있다.

달콤한 사랑 미끼 무서운 낚시에서 훔치네.
그는 적의 신분이라 그녀에게 접근하여   10
연인들의 뭇 언약을 맹세할 수 없었으며
사랑은 꼭 같으나 수단은 훨씬 적은 그녀 또한
새로운 님 만나 볼 곳 아무 데도 없었다네.
하지만 열정과 시간으로 만날 힘과 수단 얻어
극한 기쁨 느끼면서 극한 상황 극복하네. (퇴장)

2막 1장
로미오 홀로 등장.

로미오　　내 마음은 여깄는데 떠날 수가 있겠어?
　　　　　둔한 등신, 돌아서서 네 중심을 찾아봐.
　　　　　　　　　　　　　　　　(물러난다.)

벤볼리오, 머큐쇼와 함께 등장.

벤볼리오　　로미오! 내 사촌 로미오!
머큐쇼　　　　　　　　　똑똑한 친구니까
　　　　　틀림없이 집에 가서 자려고 도망쳤어.   5
벤볼리오　　이쪽으로 뛰어가서 정원 담을 넘었어.

2막1장장소　베로나. 캐풀릿의 정원.

불러 봐, 머큐쇼.

머큐쇼   그러지, 마법도 걸어 볼게.
로미오! 변덕쟁이! 미치광이! 열정! 연인!
한숨의 형태로 네 모습을 드러내라,
운에 맞춰 한마디만 말해도 만족할게.   10
'원, 이런!' 하든지 '너랑' '사랑' 발음해 봐,
수다쟁이 비너스에게 고운 말 한번 해 봐.
앞 못 보는 그녀 아들 아브라함 큐피드 소년,
걔 별명도 불러 봐. 거지 처녀 사랑했던
코페투아 임금님을 멋지게 쏴 맞혔잖아.   15
듣지 않을 뿐더러 기척이나 미동조차 없구먼.
원숭이가 죽었으니 마법을 걸어야지.
로절린의 총명한 눈으로 마법을 걸겠다.
그녀의 드높은 이마와 붉은 입술,
멋진 발, 곧은 다리, 떨리는 허벅지와   20
그 근처에 자리 잡은 사유지로 명하노니

12행 아브라함…소년 이 이름에 관해 두 가지 해석이 있다. 1)반 벌거숭이 몸
으로 시골을 돌아다니며 거지 행각과 도둑질을 일삼았던 아브라함 거지
(Abraham man)와 관련 있는 말이다. 2)아브라함은 장수한 성경 속의 인물
이고 큐피드는 소년이기 때문에 '아브라함 큐피드 소년'은 그 자체가 모순이
다. 하지만 큐피드는 소년인 동시에 가장 나이 많은 신이기도 하다. (아든,
리버사이드)
13~14행 거지…임금님 「코페투아 임금님과 거지 처녀」라는 오래된 발라드를
언급하는 말. (뉴펭귄)
16행 죽었으니 죽은 체하니. (리버사이드)

	너와 닮은 모습으로 우리에게 나타나라.
벤볼리오	그가 만약 네 말을 듣는다면 성낼 텐데.
머큐쇼	이래서는 성이 안 나. 성이 나고 싶으면

너와 닮은 모습으로 우리에게 나타나라.

벤볼리오 그가 만약 네 말을 듣는다면 성낼 텐데.

머큐쇼 이래서는 성이 안 나. 성이 나고 싶으면
애인의 마법의 원 안에서 성질이 이상한　　　　25
악마 한 놈 일으키고 그녀가 그놈을
죽게 만들 때까지 서 있어야 할 거야.
그럭하면 좀 화가 나겠지. 내 주문은
공평하고 정직해. 그의 애인 이름으로
마법 걸어 그를 그냥 일으키는 것뿐이야.　　　30

벤볼리오 그만 가자. 그는 저 나무 틈에 숨어서
습기 찬 이 밤과 교제하고 싶어 해.
눈먼 그의 사랑에는 어둠이 최고야.

머큐쇼 사랑이 눈멀면 표적을 맞출 수가 없는데.
이제 그는 서양모과 나무 아래 앉아서　　　　35
처녀가 혼자서 웃으며 모과라고 부르는
그 과일이 자신의 애인이길 바랄 거야.
오, 로미오, 그녀는, 오, 그녀는 거시기
구멍 난 모과이고 너는 긴 배였으면!
잘 자라, 로미오. 난 간이침대로 갈 거야.　　　　40
이 야외 침대는 잠자기엔 너무 추워.
자, 가 볼까?

24행 마법의 원 마술사가 땅 위에 그리는 원과 애인의 성기라는 두 가지 뜻을
가진 말.

벤볼리오　　　　　가자, 숨으려 하는 사람
찾으려 하는 건 쓸데없는 일이니까.

(벤볼리오, 머큐쇼 함께 퇴장)

2막 2장
로미오, 앞으로 나온다.

로미오　　다쳐 본 적 없는 자가 흉터를 비웃는 법.

줄리엣 위쪽 창문에 등장.

잠깐만, 저기 저 창문에서 웬 빛이 새 나오지?
저곳은 동쪽이고 줄리엣은 해님이다.
고운 해님 솟아올라 시기하는 저 달을　　　　　　5
무찔러 버려요. 자신의 시녀인 그대가
훨씬 더 곱다고 벌써부터 슬퍼서 창백해요.
그녀는 시기하니 시녀 되진 마세요.
그녀의 순결한 제복은 초록빛 병색이고
광대들만 입는다오. 그걸 벗어 버려요.　　　　　10
저건 내 님이다. 오, 저건 내 사랑이다!

2막 2장 장소　베로나. 캐퓰릿의 정원.
5행 시녀　앞줄에 언급된 달, 즉 달의 여신 디아나를 시중드는 여인.

오, 이 사실을 그녀가 알았으면!

입을 연다. 그런데 말은 없어. 상관있어?

눈으로 대화하니 거기에 답할 거야.

난 너무 대담해, 말 걸지도 않았는데.　　　　　　　15

넓디넓은 하늘의 가장 고운 두 별이

그녀의 눈에게 일 좀 보고 올 때까지

자기네 천구에서 반짝여 달라고 간청하네.

그녀 눈과 별들의 자리가 바뀌면 어찌 될까?

그녀 뺨은 너무 밝아 햇빛 아래 등불처럼　　　20

별들은 창피해하리라. 하늘로 간 그녀 눈은

창공을 가로질러 너무 밝게 빛나므로

새들은 노래하며 대낮이라 생각할 것이다.

저것 봐, 손으로 자기 뺨을 괴고 있어.

오, 내가 저 손에 낀 장갑 되어 그녀 뺨을

만져나 보았으면.

줄리엣　　　　　　　아, 어쩌나.　　　　　　　25

로미오　　　　　　　　　　　말을 한다.

오, 다시 말해 보시오, 빛나는 천사여,

왜냐하면 이 몸 위에 떠 있는 이 밤의 그대는

날개 달린 하늘의 전령이 허공의 가슴 위를

한가로운 뭉게구름 걸터타고 날아갈 때　　　30

몸을 젖혀 응시하며 놀라움에 흰자위를

28행날개…전령　앞서 말한 천사인 동시에 신들의 사자인 헤르메스를 가리킨다.

허옇게 드러낸 인간들의 눈에 비친
그의 모습만큼이나 눈부시게 아름다우니까.

줄리엣 오 로미오, 로미오, 왜 그대는 로미오인가요?
아버지를 부인하고 그대 이름 거부해요. 35
그렇게 못 한다면 애인이란 맹세만 하세요,
그럼 난 더 이상 캐풀럿이 아니에요.

로미오 더 들을까 아니면 이쯤에서 말을 할까?

줄리엣 그대의 이름만이 나의 적일 뿐이에요.
몬터규가 아니라도 그대는 그대이죠. 40
몬터규가 뭔데요? 손도 발도 아니고
팔이나 얼굴이나 사람 몸 가운데
어느 것도 아니에요. 오, 다른 이름 가지세요!
이름이 별건가요? 우리가 장미라 부르는 건
다른 어떤 말로도 같은 향기 날 거예요. 45
로미오도 마찬가지, 로미오라 안 불러도
호칭 없이 소유했던 그 귀중한 완벽성을
유지할 거예요. 로미오, 그 이름을 벗어요,
그대와 상관없는 그 이름 대신에
나를 다 가지세요.

로미오   그 말 듣고 가질게요. 50
애인이라 불러만 준다면 다시 세례받은 뒤
앞으로는 절대로 로미오라 안 할게요.

줄리엣 누구신대 이렇게 밤의 장막 속에서
제 비밀과 마주치게 된 거죠?

로미오	이름으론	
	누구인지 그대에게 말할 수 없군요.	55
	성자시여, 제 이름은 제가 미워합니다.	
	그것이 그대의 적이기 때문이죠.	
	만약에 써 놨다면 찢어 버릴 겁니다.	
줄리엣	그대 혀가 내놓은 말 내 귀로 마신 것이	
	백 마디도 안 되지만 그 음성은 알아요.	60
	로미오가 아닌가요, 그리고 몬터규죠?	
로미오	아가씨가 싫다면 어느 쪽도 아닙니다.	
줄리엣	어떻게 오셨어요, 말해 봐요, 뭣 때문에?	
	정원의 벽은 높고 넘어오기 힘들며	
	내 친척 누군가가 그대를 발견하면	65
	그대 신분 고려할 때 여긴 죽는 곳이에요.	
로미오	사랑의 가벼운 날개로 벽을 날아 넘었죠.	
	돌로 지은 장애물은 사랑을 못 내치고	
	사랑은 할 수 있는 일이면 과감히 하니까요.	
	그러므로 그대 친척, 나를 막진 못합니다.	70
줄리엣	만약 보게 된다면 살해할 거예요.	
로미오	아! 그들의 스무 자루 칼보다도 더 큰 위험이	
	그대 눈에 있답니다. 그대만 즐거우면	
	그들의 적개심은 날 찌르지 못합니다.	
줄리엣	무슨 일이 있어도 그들이 못 보면 좋겠어요.	75
로미오	밤의 외투 걸쳐서 그들 눈엔 안 띄지만	
	그대 사랑 없다면 날 찾아내라지요.	

그들의 미움으로 내 생명 끝나는 게

사랑 없이 지연된 죽음보다 낫답니다.

줄리엣 누구의 안내로 이곳을 찾아냈죠? 80

로미오 사랑이 맨 처음 알아보라 귀띔했죠.

그는 내게 조언했고 난 눈을 빌려 줬답니다.

난 선장은 아니지만 가장 먼 바닷물에 씻기는

불모의 해안만큼 그대가 저 멀리 있다 해도

이런 상품 구하려고 모험했을 겁니다. 85

줄리엣 알다시피 밤의 가면 내 얼굴을 덮었어요.

안 그러면 오늘 밤에 들으신 말 때문에

처녀 뺨은 수줍어 붉어졌을 거예요.

격식을 차리고 싶어요. 했던 말을 기꺼이,

　기꺼이,

부인하고 싶어요. 하지만 관습은 버리자. 90

날 사랑하세요? '예.'라고 말하실 줄 알아요,

그 말을 믿을게요. 그래도 맹세를 하신다면

거짓될 수 있답니다. 연인들의 위증에

조브가 웃는다고 하니까. 오, 로미오,

사랑하고 있다면 성실하게 선언해요. 95

만약 나를 너무 빨리 얻었다고 생각하면

다시 구애하도록 심술궂게 찌푸리고

93행조브 주피터라고도 불리는 로마 신계의 주신. 그리스 신화의 제우스에
해당한다.

안 돼요 할 테지만, 아니라면 절대로 안 그래요.
참말이지 몬터규 님, 난 너무 좋아요.
그래서 내 행동을 가볍다 여길 수 있겠지만   100
믿어 줘요, 교활하게 쌀쌀맞은 여자보다
더 진실된 사람임을 입증할 테니까.
고백건대 그대가 나 몰래 참사랑의 감정을
엿듣지만 않았어도 그대를 더 쌀쌀맞게
대했을 거랍니다. 그러니 날 용서하고   105
어두운 밤중에 들켜 버린 이 허락을
가벼운 사랑의 탓으로 돌리지는 마세요.

로미오   아가씨, 이 과일 나무 끝 모두를 은칠 하는
저기 저 축복받은 달님에게 서약건대 ―

줄리엣   오, 둥근 궤도 안에서 한 달 내내 변하는   110
지조 없는 달에게 맹세하진 마세요,
그대의 사랑도 그처럼 바뀌지 않도록.

로미오   어디에다 맹세하죠?

줄리엣   아무 맹세 마세요.
하겠다면 품위 있는 자신에게 맹세해요,
이 몸이 우상으로 숭배하는 신이니까.
그럼 믿을 거예요.   115

로미오   내 가슴의 사랑이 ―

줄리엣   저, 맹세하지 마세요. 그대가 좋긴 해도
오늘 밤 이 언약은 즐겁지 않답니다.
너무너무 성급하고 무모하고 빨라요.

'번개 친다.' 말하기도 이전에 사라지는   120
번개와 너무나 꼭 같아요. 님이여, 잘 자요.
이 사랑의 꽃눈은 여름의 숨결로 자라나
우리 다음 만날 때면 예쁘게 피겠지요.
잘 자요, 잘 자요! 내 가슴속에 있는
감미로운 휴식이 그대의 마음에도 오기를.   125

로미오   오, 난 이렇게 불만인데 그대는 떠나요?

줄리엣   오늘 밤에 원하시는 만족이 뭔데요?

로미오   성실한 사랑 서약 교환하는 거랍니다.

줄리엣   요청도 하기 전에 내 것을 드렸어요,
하지만 그것을 다시 주고 싶네요.   130

로미오   철회하고 싶어서요? 목적이 뭔데요?

줄리엣   너그러운 마음으로 그냥 다시 주려고요.
하지만 가진 것을 주고 싶을 뿐이에요.
아낌없는 내 마음은 바다처럼 끝이 없고
사랑 또한 그처럼 깊어서 더 많이 줄수록   135
더 많이 생겨나요, 둘 다 무한하니까.
안에서 소리가 들려요. 잘 가요, 내 사랑.

                    (안에서 유모가 부른다.)

곧 갈게, 유모 — 참되세요, 몬터규 님.
잠시만 기다려요, 돌아올 테니까.

                    (줄리엣 위에서 퇴장)

로미오   오, 축복, 축복받은 밤이다! 밤이라서   140
이 모든 게 실제라고 하기엔 너무나

기분 좋게 달콤한 꿈일까 봐 두렵구나.

위에서 줄리엣 등장.

줄리엣 로미오 님, 세 마디만 더하고 정말 안녕.

그대가 사랑하는 방향이 올바르고

목적이 결혼이면 내일 내가 주선하여   145

보내는 사람 편에 말씀을 전하세요,

어느 때 어디서 예식을 거행할지.

그러면 내 재산 모두를 그대에게 바치고

이 세상 어디든 남편으로 따를게요.

유모 (안에서) 아가씨.   150

줄리엣 곧 갈게 — 그러나 좋지 않은 의도라면

정말로 간청컨대 —

유모   (안에서) 아가씨.

줄리엣   금방 갈게 —

애쓰길 멈추고 나 혼자 한탄하게 두세요.

내일 사람 보낼게요.

로미오   내 영혼에 맹세코 —

줄리엣 수천 번 좋은 밤 보내세요.   (위에서 퇴장) 155

로미오 그대 빛을 잃고 나니 수천 배나 더 나빠요.

님 향한 애인 걸음 책 덮은 학생 같고

님 떠난 애인 걸음 우울한 등굣길 같구나.

위에서 줄리엣 다시 등장.

줄리엣	쉿! 로미오, 쉿! 오, 매사냥꾼 목소리로
	이 귀한 보라매를 다시 불러 봤으면! 160
	속박에 목이 쉬어 큰 소리를 못 지르네.
	안 그러면 메아리 여신의 동굴을 깨부수고
	로미오란 이름을 그녀에게 반복시켜
	혀 없는 그녀 목을 나보다 더 쉽게 할 텐데.
로미오	내 영혼이 내 이름을 부르고 있구나. 165
	경청하는 사람에게 부드러운 음악처럼
	연인들의 밤 말은 얼마나 은종 소리 같은가.
줄리엣	로미오.
로미오	내 어린 매.
줄리엣	내일 아침 몇 시에
	사람을 보낼까요?
로미오	9시가 됐을 때요.
줄리엣	꼭 그리할게요. 그때까지 이십 년 같아요. 170
	그대를 왜 도로 불렀는지 잊었어요.
로미오	기억날 때까지 서 있게 해 줘요.
줄리엣	그대를 거기 있게 하려고 잊겠어요,
	얼마나 같이 있고 싶은지를 기억하며.
로미오	이 집 말고 다른 집은 모두 다 잊으면서 175
	그대가 계속 잊게 계속 서 있을게요.

161행 메아리 여신 에코를 말한다.

줄리엣	거의 아침이에요. 그대를 보내고 싶지만
	짓궂은 소년의 새보다 더 멀리는 안 돼요.
	걔는 마치 고것이 족쇄 찬 불쌍한 죄수인 양
	자신의 손을 떠나 조금 뛰게 해 주지만

180

무턱대고 그 자유를 의심하기 때문에
은빛 실을 홱 당겨 도로 낚아챈답니다.

로미오 내가 그대 새였으면.

줄리엣   그랬으면 좋겠지만

너무 많이 품었다가 죽이게 될걸요.
잘 자요, 잘 자요. 이별의 슬픔은 감미로워   185
아침이 올 때까지 밤 인사 할 거예요.

로미오 그대 눈과 가슴에 잠과 평화 찾아오고
나 또한 기쁨에 찬 잠과 평화 누렸으면.

(줄리엣 퇴장)

잿빛 눈의 아침은 얼룩덜룩 금빛으로
동쪽 구름 칠하면서 찌푸린 밤 보며 웃고   190
빛 점 박힌 어둠은 술꾼처럼 비척대며
낮의 길과 태양신의 불 마차를 피해 가네.
난 이제 신부님의 암자로 발을 옮겨
도움을 간청하고 이 행운을 전해야지. (퇴장)

188~191행 아침, 어둠, 낮 의인화 된 사물.

2막 3장

바구니를 든 로런스 수사 홀로 등장.

로런스 수사   난 이제 저 태양이 불타는 눈을 들어
낮 기운을 북돋우고 밤이슬을 쫓기 전에
독초와 귀한 액즙 들어 있는 꽃으로
이 버들 바구니를 한가득 채워야지.
대지가 곧 자연물의 어미이자 무덤이고   5
그들이 묻히는 묘지가 곧 그들의 자궁인데
우리는 그 자궁의 다양한 자식들이
생모의 가슴에서 젖 빠는 걸 볼 수 있다.
갖가지 뛰어난 효험 가진 것도 많고
약효가 없는 것은 없지만 다 다르다.   10
오, 초목과 광물과 그 특성에 담겨 있는
강력한 효능은 참 크기도 하여라. 왜냐하면
땅 위에 사는 것은 아무리 사악해도
특유의 이로움을 땅으로 조금은 되돌리고
또 아무리 이로워도 선용하지 않으면   15
오용에 빠지면서 천성을 저버리게 되니까.
미덕도 잘못 쓰면 악덕으로 바뀌고
악덕도 때로는 행동으로 영예를 얻는다.

2막 3장장소 베로나. 로런스 수사의 암자.

로미오 등장.

이 약한 꽃송이의 어린 망울 속에서
독은 머물 자리를, 약은 힘을 얻는다,　　　　20
그 냄새만 맡을 때는 전신에 활력을 주지만
맛을 보면 심장 따라 모든 감각 멈추니까.
이처럼 적대하는 미덕, 욕정, 두 왕이
인간이나 약초 안에 언제나 진을 치고
둘 가운데 나쁜 것이 우세하면 곧바로　　　　25
죽음이란 자벌레가 그걸 먹어 버린다.

로미오　　좋은 아침입니다, 신부님.

로런스 수사　　　　　　　　축복을 받으시오.
참 유쾌한 아침 인사 같은데 뉘시오?
너였구나, 이렇게 아침 일찍 눈 뜬 걸 보니까
머리가 아픈 일이 있다는 말이구나.　　　　30
늙은이의 눈 속엔 걱정거리 보초 서고
걱정거리 머문 곳에 잠은 절대 안 오지만
골치도 안 아프고 안 부대낀 젊은이가
네 활개를 접는 곳엔 금빛 잠이 쏟아지지.
그러니까 네가 일찍 일어난 건 분명히　　　　35
무언가 불편한 게 있다는 말이구나.
그런 게 아니라면 어디 한번 맞혀 볼까 ─
로미오가 간밤에 잠자리를 비웠구나.

로미오　　예, 그래서 더 달콤한 휴식이었답니다.

로런스 수사	맙소사, 죄를 졌어! 로절린과 함께였어?
로미오	로절린과 함께요? 아닙니다, 신부님.
	그 이름과 그 이름의 비탄은 잊었어요.
로런스 수사	그것 참 잘했다. 그럼 어디 있었느냐?
로미오	또다시 묻기 전에 말씀을 드리지요.
	이 몸이 적과 함께 향연을 즐기던 중
	저로부터 상처받은 한 사람이 갑자기
	저에게 상처를 입혔고 두 사람의 치료는
	신부님의 도움과 성스러운 의술에 달렸어요.
	제 마음에 미움은 없습니다, 신부님,
	제 탄원은 적에게도 혜택을 주니까요.
로런스 수사	분명하고 알기 쉽게 취지를 말해라.
	고해가 난해하면 속죄도 난해할 수밖에.
로미오	그렇다면 분명하게, 제 마음의 연인으로
	캐풀릿 갑부의 고운 딸이 결정되었습니다.
	그녀의 마음도 저와 같이 정해졌고
	신부님이 혼인으로 합쳐 주는 일만 빼고
	다 합쳐졌답니다. 어느 때 어디서 어떻게
	둘이 만나 구애하고 언약을 나눴는지
	가면서 말할 테니 제발 부탁드립니다,
	저희를 혼인으로 오늘 맺어 주십시오.
로런스 수사	나 원 참, 이럴 수가! 많이도 변했구나!
	그렇게도 사랑하던 로절린을 버렸다고?
	이리 빨리? 젊은이의 사랑은 진실로

40

45

50

55

60

마음속이 아니라 눈 속에 있구나.
예수님, 성모님! 로절린 때문에   65
핏기 없는 네 뺨 위에 흘린 눈물 얼마더냐!
짠맛도 나지 않는 사랑을 보존해 보려고
낭비한 짠물은 또 얼마나 많았더냐!
허공의 네 한숨 아직 볕에 안 말랐고
늙은 이 두 귀에 네 신음이 아직 들려.   70
이것 봐, 여기 네 뺨 위에 옛 눈물 자국이
아직도 씻기지 않은 채 남아 있어.
네가 옛날 너이고 이 비탄이 네 거라면
너와 이 비탄은 다 로절린 때문이었잖아.
그런데 변했다고? 그럼 이 격언이나 읊어라.   75
남자가 힘없으면 여자는 쓰러진다.

로미오	로절린을 사랑한다, 자주 꾸중하셨어요.
로런스 수사	사랑이 아니라 혹했다고 그런 거지.
로미오	사랑을 묻어라, 그러셨죠.
로런스 수사	무덤 속에

하나 묻고 또 하나를 꺼내라고 한 건 아냐.   80

| 로미오 | 꾸중하지 마세요, 지금의 애인과는 |

사랑과 호의를 서로 주고받으니까.
전에는 못 그랬죠.

| 로런스 수사 | 오, 그거야 네 사랑이 |

뜻 모르고 외운 건 줄 그녀가 알아봤으니까.
하지만 갈팡질팡하는 애야, 함께 가자.   85

　　　　　 한 가지 점에서 도와주마. 이 결합이
　　　　　 정말로 행복하여 두 집안의 원한이
　　　　　 순수한 사랑으로 바뀔 수도 있으니까.
로미오　　어서 가요, 갑자기 서두르고 싶어요.
로런스 수사　천천히 현명하게. 빨리 뛰면 넘어진다. 　　90

　　　　　　　　　　　　　　　　　(함께 퇴장)

2막 4장
벤볼리오와 머큐쇼 등장.

머큐쇼　이 로미오는 도대체 어디로 간 거야? 간밤엔
　　　　집에도 안 왔어?
벤볼리오　부친 집엔 안 왔어, 하인한테 알아봤지.
머큐쇼　허, 저 창백한 돌 심장 계집아이, 그 로절린의
　　　　극심한 고문에 그는 분명 미치고야 말 거야. 　　5
벤볼리오　캐풀릿 영감의 친척인 티볼트가 로미오 부친
　　　　집으로 편지를 보냈다지.
머큐쇼　도전장이 틀림없어.
벤볼리오　로미오는 답을 할 테고.
머큐쇼　글만 쓰면 답장이야 누구나 할 수 있지. 　　10
벤볼리오　아니, 편지의 주인에게 응답을 할 거야. 감히

──────────

2막 4장 장소　베로나의 길거리.

덤볐으니까 감히 덤비겠노라고.

머큐쇼   아, 불쌍한 로미오, 그는 이미 죽었어. 파리한
계집애의 검은 눈에 찔리고, 귀는 사랑의 노
래로 꿰뚫려 버렸으며 심장은 눈먼 소년의 연   15
습용 화살로 한가운데가 쪼개져 버렸으니까.
이런 사나이가 티볼트를 대적할 수 있을까?

벤볼리오   왜, 티볼트가 뭔데?

머큐쇼   고양이의 왕보다는 한 수 위지. 오, 그는 결
투 예법의 용감한 대장이야. 악보 보고 노래   20
하듯 정확하게 싸운다네, 박자, 거리, 리듬을
지키면서. 최소한의 휴지를 두면서 한두 번
찌르다가 세 번째는 가슴이야. 그는 비단 단
추 도살의 명수로서 — 검투사야, 검투사. 최
고급 양성소 출신의 신사로서 싸움하는 명   25
분의 첫째와 둘째 이유를 따른다네. 아, 그
필살의 전방 공격, 후방 공격과 직타격!

벤볼리오   그건 또 뭐야?

머큐쇼   이렇게 기괴하게 혀 꼬고 잘난 체하는 거드
름쟁이들, 낯선 말 내뱉는 자들은 염병에나   30

15행 눈먼 소년 큐피드.
26행 첫째와⋯이유 첫째 이유는 죽음으로 값을 치러야 하는 범죄이고 둘째는
명예이다. (아든)
27행 직타격 벤볼리오 귀에는 낯설게 들리는 검술 용어로 원래는 이탈리아어
인데 이렇게 옮겨보았다.

걸려라! '어라, 아주 훌륭한 검잽이네! 아주
간 덩치 큰 남자야! 열라 유쾌한 창녀잖아!'
아니, 벤볼리오 노인, 이거 통탄할 일 아닌
가? 우리가 이런 이상한 날벌레들, 유행병에
걸린 자들, 새로운 예의를 너무 차린 나머지   35
오래된 범절은 제대로 챙기지도 못하면서 젠
체하는 자들 때문에 이렇게 괴로움을 당해
야만 하다니. 뼈가 썩어 문드러질 놈들!

로미오 등장.

벤볼리오   로미오가 저기 오네, 로미오가 저기 와!
머큐쇼   마른 청어처럼 이리는 빠졌네. 오, 인간이 저   40
렇게 물고기가 되다니! 이제 그는 페트라르
카의 구슬픈 노래에 어울리게 되었어. 자기
아가씨에 비하면 로라는 부엌데기, (아 참, 그
녀의 애인이 시는 더 잘 지었지), 디도는 촌
뜨기, 클레오파트라는 검둥이, 헬레네와 혜   45
로는 매춘부 매음녀고, 티스베는 잿빛 눈이

31~32행 어라…창녀잖아 벤볼리오가 곧 설명할 이상한 말의 예.
33행 벤볼리오 노인 머큐쇼는 자기가 마치 무분별하게 외래 풍조에 물든 젊은
이들을 한탄하는 노인이 된 것처럼 벤볼리오 노인에게 말을 건다.
41~42행 페트라르카 이탈리아 르네상스 시기의 시인으로 '로라'에 대한 사랑
을 주제로 하는 『칸초니에레』를 남겼다.

괜찮지만 별 볼일 없어. 봉주르, 시뇨르 로미
오! 이건 당신의 프랑스 바지에 맞춘 프랑스
식 인사요. 어제 저녁엔 뺑소니로 우리를 멋
지게 속였소이다.   50

로미오   안녕들 하십니까. 제가 무슨 뺑소니를 쳤지요?

머큐쇼   도망친 거 말이야, 도망친 거. 못 알아듣겠어?

로미오   미안해 머큐쇼, 중요한 일이 있었어. 그럴 경
우엔 예절을 좀 어길 수도 있잖아.

머큐쇼   그 말은 너 같은 경우엔 다리가 후들거려 어   55
정쩡한 자세로 예의를 표할 수밖에 없다는
뜻이지.

로미오   왼발 빼고 하는 절 말이지.

머큐쇼   아주 점잖게 알아맞혔어.

로미오   아주 예의 바른 설명이야.   60

44~46행 디도…티스베 디도는 베르길리우스의 서사시 『아이네이스』의 주인공
아이네이아스가 사랑한 카르타고의 여왕이고, 클레오파트라는 시저와 안토
니가 사랑했던 이집트의 여왕이며 — 그래서 '검둥이'로 오해받는다 —
헬레네는 트로이 전쟁을 일으킨 납치 사건의 장본인이고, 헤로는 말로의 시
『헤로와 리앤더』에서 리앤더로 하여금 밤마다 헬레스폰트를 헤엄쳐 건너가
사랑을 나누다가 어느 밤 빠져 죽게 만든 세스토스의 미녀이며, 티스베는
오비디우스의 『변신 이야기』에서 부모들의 반대로 사랑을 이루지 못하고 비
극적인 죽음을 맞이하는 피라무스의 연인이다.
47행 봉주르…로미오 '안녕하세요, 로미오 씨.'라는 뜻의 프랑스어 인사.
55~57행 다리가…뜻이지 머큐쇼는 로미오가 마치 성병에라도 걸린 사람처럼
어색한 자세를 취한다고 농담조로 얘기한다.

머큐쇼   그럼, 난 바로 예절의 꽃이니까.

로미오   장미는 꽃이지.

머큐쇼   맞아.

로미오   그렇다면 내 구두의 꽃 장식은 훌륭해.

머큐쇼   재치가 빈틈없군, 이제 이 농담을 따라가 봐,   65
         네 구두가 닳아 없어질 때까지. 그래서 그 유
         일한 밑창이 닳아 없어진 뒤에도 이 농담은
         유일하게 외로이 남아 있도록 말이야.

로미오   오, 닳아 빠진 농담이여, 유치하기 때문에 유
         일하게 외롭구나!   70

머큐쇼   착한 벤볼리오, 나 좀 거들어 줘, 내 머리가
         멍해졌어.

로미오   채찍과 박차를 써, 어서. 안 그러면 내가 이
         겼다고 외칠 거야!

머큐쇼   아냐, 이런 식의 도깨비놀음이라면 난 끝장   75
         났어. 넌 내 마음의 다섯 기능 전체가 가진
         것보다 더 많은 도깨비를 한 기능 안에 가졌
         으니까. 내가 너와 함께 도깨비를 쫓았던가?

로미오   넌 나와 함께한 게 아무것도 없어, 나와 함께
         도깨비를 쫓지 않았으니까.   80

머큐쇼   그런 농담을 하다니 귀를 깨물어 줄 테다.

76행 마음의…기능 그 다섯 가지는 일반적으로 상식, 상상력, 공상, 판단력과
기억력을 일컫는다.

로미오   안 돼, 도깨비야, 깨물지 마.

머큐쇼   네 재치는 아주 새콤달콤한 사과야, 아주 매
운 소스란 말이지.

로미오   그래서 맛있는 도깨비 잡아먹을 때 내놓기   85
를 잘했잖아?

머큐쇼   오, 재치가 노루 가죽 같구나. 짧은 한 치가
마흔다섯 치로 늘어나다니!

로미오   내가 그 재치를 '늘어나다.'라는 단어와 함께
잡아당겨 도깨비에다 붙이면 넌 길디길고 넓   90
디넓은 도깨비가 될 거야.

머큐쇼   아니, 지금 이게 사랑 때문에 신음하는 것보
다 낫잖아? 이제야 넌 사교적이 되었고 로미
오가 되었어. 이제야 넌 재주로나 본성으로
나 원래의 너야. 왜냐하면 이 사랑이라는 놈   95
은 혓바닥을 빼물고 침을 질질 흘리면서 커
다란 바보처럼 이리저리 뛰어다니니까. 자신
의 광대 지팡이를 구멍 속에 집어넣어 감추
려고 말이야.

벤볼리오   멈춰, 거기에서 멈춰.   100

머큐쇼   넌 내가 막 거시기로 들어가려는데 얘기를
멈춰 달라고 했어.

벤볼리오   안 그러면 네 얘기가 길어질 테니까.

머큐쇼   아, 그건 잘못 짚었어, 난 그걸 줄이려고 했는
데. 거시기 끝이 닿는 데까지 간 다음엔 더 이   105

상 이 문제에 집착할 생각은 정말 없었으니까.

로미오   훌륭한 물건이군.

유모와 하인 피터 등장.

배다! 배야!

머큐쇼   두 척이야. 두 척. 치마와 바지야.

유모   피터.   110

피터   예.

유모   피터, 내 부채.

머큐쇼   이봐 피터, 그걸로 그녀 얼굴을 가려 줘, 부
         채가 그 얼굴보다 더 고우니까.

유모   좋은 아침이네요, 신사 여러분.   115

머큐쇼   좋은 오후네요, 아주머니.

유모   좋은 오후라고요?

머큐쇼   그렇고말고요. 문자반의 음탕한 손끝이 지금
         정오 점을 만지고 있으니까.

유모   에구머니, 무슨 사람이 그래요?   120

로미오   아주머니, 그는 하느님이 자기 자신을 망치라
         고 만든 사람이랍니다.

유모   그거 정말 맞는 말이네요. '자기 스스로 망
         친다.' 그 말이죠? 신사 여러분, 로미오 젊은
         이를 어디서 찾을지 말해 줄 수 있어요?   125

로미오   내가 말하지요. 하지만 로미오 젊은이는 당

신이 수소문할 때보다 찾았을 때 더 늙어 있
을 겁니다. 그 이름 가진 사람으로는 내가 가
장 젊지요, 더 못난 사람이 없어서.

유모   좋은 말씀이네요.   130

머큐쇼 예, 못난 게 좋다고요? 이해력 만점이야, 정
       말로. 똑똑하다, 똑똑해.

유모   당신이 그분이라면 대하를 좀 나누고 싶은데요.

벤볼리오 로미오를 저녁 식사에 초래할 거야.

머큐쇼 뚜, 뚜, 뚜쟁이다! 저기 있다!   135

로미오 뭘 봤는데 그래?

머큐쇼 토끼 갈보는 아냐, 암, 다 먹기도 전에 쉬어
       버리는 사순절 파이 속의 토끼라면 모를까.

                    (그들 주변을 걸으면서 노래한다.)

           늙어 빠진 흰 토끼 갈보와
           늙어 빠진 흰 토끼 갈보는   140
           사순절 고기로는 아주 좋아.
           하지만 늙은 토끼 갈보는
           다 먹기도 전에 썩는다면
           돈 주고 같이 자긴 역겨워.

129행못난 '잘난'이라고 해야 맞지만 로미오가 반어적으로 '못난'으로 바꾸었
고 그것을 눈치채지 못했다고 머큐쇼가(131~132행) 유모를 놀린다. (아든)
133행대하 대화. 유모가 잘못 쓴 말.
134행초래 벤볼리오가 '초대'를 의도적으로 익살스럽게 잘못 쓴 말.
135행저기있다 사냥꾼들이 토끼를 봤을 때 지르는 소리.

	로미오, 아버지 집으로 올 거지? 우리도 거기 145 에서 저녁 먹을 건데.
로미오	따라갈게.
머큐쇼	잘 있어요, 고령의 숙녀여, 잘 있어요, 숙녀, 숙녀, 숙녀여.　(머큐쇼와 벤볼리오 함께 퇴장)
유모	저토록 버릇없이 못된 짓만 꽉 차 있는 장돌 150 뱅이가 누군지 말해 주시겠어요?
로미오	유모, 저 사람은 자기 말을 듣기 좋아하는 신사인데 한 달 동안 참은 것보다 더 많은 말을 일 분 동안에 쏟아 놓는답니다.
유모	나를 나쁘게 말하면 덮쳐 버릴 거예요. 그가 155 지금보다 싱싱하다 해도, 그깟 놈 스물이 덤 빈다고 해도요. 내가 못 하면 할 수 있는 사 람을 찾겠어요. 더러운 놈! 난 그런 헤픈 계 집이 아니라고, 먹따는 놈들의 계집이 아니 란 말이야. (자기 하인 피터에게 몸을 돌려) 근 160 데 넌 곁에 서서 온갖 잡놈들이 날 마음대로 갖고 놀도록 내버려 둬야겠어!
피터	유모를 마음대로 갖고 노는 사람 못 봤는데. 봤다면 내 연장을 재빨리 꺼냈겠지요. 장담 컨대, 나도 다른 사내들만큼 감히 빨리 뽑아 165 요. 유리한 싸움에서 기회가 엿보이고 법이 내 편이라면.
유모	아이참, 얼마나 괘씸한지 온몸이 다 떨리네.

더러운 놈. 저, 한마디만. 말씀드렸듯이 우리
아기씨가 당신을 찾아보라 하셨어요. 전해 170
달라는 말씀은 나 혼자만 간직할 겁니다. 그
렇지만 먼저 해 둘 말이 있는데, 만약 당신
이 우리 아기씨를 재미 보려고 꼬신다면, 그
렇잖아요, 그건 아주 천한 행동이라고요, 그
렇잖아요, 아기씨는 어리니까. 그래서 당신이 175
만약 그녀를 속여 먹는다면 그건 정말 어떤
숙녀가 당해도 좋지 않은 일이고 아주 형편
없는 짓이라고요.

로미오　유모, 당신의 아가씨 여주인께 안부 잘 전해
　　　　줘요. 유모에게 단언컨대 ― 180

유모　마음도 착하시지, 그 말씀을 그대로 전할게
　　　요. 암, 아무렴, 아기씨는 기쁨에 찬 여인이
　　　될 거예요.

로미오　그녀에게 무슨 말을 할 건데, 유모? 내 말을
　　　　듣지도 않으면서. 185

유모　당신이 단언을 했다고 말씀드릴 거예요 ― 그
　　　건 내가 보기에 신사다운 제안이니까.

로미오　그녀에게 말해 줘요,
　　　　고해할 빌미를 오늘 오후 찾아내면
　　　　로런스 수사님 암자에서 사죄받고 190
　　　　결혼하실 거라고. 수고가 많았어요.

유모　정말로 안 돼요, 한 푼도.

로미오	무슨 말씀을, 받아요.	
유모	오늘 오후라고요? 예, 아기씨가 거기로 가실	
	겁니다.	195
로미오	그런데 잠깐만, 유모 — 수도원 담 뒤로	
	한 시간쯤 지나면 내 하인이 유모에게	
	밧줄로 된 사다리를 가져갈 터인데	
	은밀한 밤중에 기쁨의 정상으로	
	이 몸을 날라 주는 수단이 될 겁니다.	200
	잘 가요. 신뢰를 지켜요, 보답할 테니까.	
	잘 가요. 아가씨께 안부 잘 전해 줘요.	
유모	하느님의 축복을 받으세요! 이보세요.	
로미오	뭐라고 그랬어? 사랑스러운 유모께서?	
유모	하인 입은 무거워요? 이런 말 몰라요?	205
	하나를 없애야 둘의 비밀 지켜진다.	
로미오	충직함이 철석같은 하인임을 보증해요.	
유모	그건 그렇고, 우리 아가씨는 상냥하기 이를	
	데 없는 숙녀랍니다. 암, 아무렴! 고 어린것이	
	재잘거리던 시절에 — 아, 시내에 파리스라는	210
	귀족이 한 분 있는데 한번 덤벼 보실 모양이	
	죠. 하지만 그녀는 착하기도 하시지, 그를 보	
	느니 차라리 두꺼비를, 진짜 두꺼비를 보겠	
	다지 뭐예요. 난 때로 그녀를 약 올리며 파리	
	스가 더 멋진 남자라고 말하죠. 하지만 그럴	215
	때 그녀의 모습은 온 세상 흰옷처럼 새하얘	

진답니다. 로즈메리와 로미오가 같은 글자로
시작하지 않나요?

로미오   그래요, 유모, 그게 어때서? 둘 다 '알' 자로
시작하는데.   220

유모   아, 우습다! 남자가 어떻게 알일까. 남자 알
은 ─ 아니, 그건 다른 글자로 시작하는 줄
아는데. ─ 아가씨는 그 글자와 당신과 로즈
메리에 관해 최고로 예쁜 말씀을 알고 있는
데 들어 보면 기분 좋으실 거예요.   225

로미오   아가씨께 안부 잘 전해 줘요.   (로미오 퇴장)

유모   암요, 수천 번 전할게요. 피터!

피터   예.

유모   앞서서 빨리 걸어.   (함께 퇴장)

2막 5장
줄리엣 등장.

줄리엣   유모를 보냈을 때 9시를 쳤었고
반시간 안으로 돌아온다, 약속했어.
혹시나 못 만날 수도 있지. 그건 아냐.

224행말씀 말쏨.
2막 5장장소 베로나. 캐풀릿의 정원.

오, 유모는 절름발이! 사랑은 생각이 전해야 돼.
음울한 언덕에서 그늘을 내모는 햇빛보다   5
열 배나 더 빠르게 날아갈 수 있으니까.
그래서 비둘기가 비너스의 마차 끌고
바람 같은 큐피드에게 날개가 달렸어.
지금은 태양이 하루의 여정에서
최정상에 와 있고, 9에서 12시 사이의   10
세 시간은 기나긴데 유모는 여태 안 와.
그녀에게 애정과 젊음의 더운 피가 있다면
공처럼 움직임이 재빨랐을 것이다.
그럼 난 말로써 그 공을 내 님에게 쳐 보내고
받기도 했을 텐데.   15
하지만 노인들은 죽은 거나 마찬가지 —
뻣뻣하고 느리고 무거우며 납처럼 창백해.

유모와 피터 등장.

어머, 왔어. 오, 꿀 같은 유모야, 소식은?
그분을 만났어? 하인을 저리 보내.

유모   피터, 대문에서 기다려.   (피터 퇴장)   20
줄리엣   자, 착한 유모 — 아이참, 왜 그렇게 슬퍼 보여?
소식은 슬퍼도 유쾌하게 말해 줘.
좋은데 그렇게 시무룩한 얼굴 하면
희소식의 음악을 무색하게 만들잖아.

유모	피곤해요. 잠시 날 내버려 두세요.	25
	아이고 뼛골이야! 참 멀리도 쏘다녔지!	
줄리엣	내 뼈를 가져가고 소식은 날 줬으면.	
	자 이제, 말을 해 봐, 착한 유모, 말을 해 봐.	
유모	원, 급하기도. 잠시도 못 기다리겠어요?	
	숨찬 이 내 모습이 보이지도 않으세요?	30
줄리엣	숨찼다고 나에게 말할 숨은 남았는데	
	어떻게 유모가 숨찼다고 할 수 있어?	
	이렇게 지체하며 만들어 낸 핑계가	
	그 핑계로 말 않는 얘기보다 더 길잖아.	
	좋은 소식, 나쁜 소식? 그것부터 대답해 줘,	35
	어떤 건지 밝히면 그 정황은 기다릴게.	
	의구심을 풀어 줘. 좋은 거야, 나쁜 거야?	
유모	글쎄, 아가씬 어리석은 선택을 하셨어요. 남	
	자를 어떻게 고르는지 모르십니다. 로미오	
	요? 아뇨, 그는 아니에요. 얼굴은 누구보다	40
	잘생겼고 다리도 누구보다 늘씬하지만, 또	
	손과 발과 몸매로 말하자면 — 그런 건 얘기	
	할 가치도 없지만 — 비교가 안 돼요. 그는	
	예절의 꽃은 아니랍니다, 하지만 장담컨대	
	양처럼 온순해요. 가 봐요 아가씨, 하느님 섬	45
	기고. 참, 식사는 하셨어요?	
줄리엣	아니, 아니. 하지만 그런 건 다 알던 거야.	
	우리들의 결혼에 대해선? 뭐라고 하셨어?	

유모	아이고 머리야! 내 머리가 왜 이래!	
	산산조각 날 것 같이 지끈지끈거리네.	50
	이 등골 한쪽이 — 아, 이 등골, 이 등골!	
	그 심보 좀 고쳐요, 이리저리 나를 보내	
	죽도록 왔다 갔다 헤매게 만들다니.	
줄리엣	유모 몸이 안 좋은 건 정말로 미안해.	
	착하디착한 유모, 말해 줘, 그이가 뭐랬어?	55
유모	그이는 명예로운 신사처럼 얘기했고	
	게다가 공손하고 친절하고 멋지며	
	틀림없이 덕스러운 — 마님은 어디에 계셔요?	
줄리엣	어디에 계셔요? 그야 안에 계시지	
	어디로 가셨겠어? 참 이상한 대답이야!	60
	'그이는 명예로운 신사처럼 얘기했고	
	마님은 어디에 계셔요?'	
유모	오, 성모님 맙소사!	
	그렇게 몸 달아요? 나 원 참, 이보세요.	
	뼛골이 쑤시는데 이런 약을 내게 줘요?	
	앞으로 심부름은 스스로 하세요.	65
줄리엣	공연히 난리야. 자, 로미오가 뭐랬어?	
유모	고해 성사 가는 건 허락을 받았어요?	
줄리엣	받았어.	
유모	그럼 빨리 로런스 수사님 암자로 가 봐요,	
	아내로 맞이해 줄 남편이 있을 테니.	70
	이제야 그 뺨 위에 야한 피가 도는군요.	

무슨 소식이든지 곧바로 새빨개지니까.
성당으로 급히 가요. 나는 길을 달리 잡고
아가씨의 애인이 어두워지자마자
둥지로 올라갈 사다리를 가져올 테니까.   75
아가씨의 기쁨 위해 천한 일은 내가 해요.
근데 곧 밤이 되면 아가씨가 힘들걸요.
난 저녁 먹을 테니 암자로 빨리 가요.

줄리엣   귀한 행운 속히 잡자! 멋진 유모, 안녕.

(함께 퇴장)

2막 6장
로런스 수사와 로미오 등장.

로런스 수사   성스러운 이 혼사에 하늘은 미소 짓고
나중에 슬픔 내려 꾸중하지 마소서.

로미오   아멘, 아멘, 하지만 어떤 슬픔 오더라도
그것은 그녀와 마주보고 교환하는
한순간의 제 기쁨에 필적할 수 없답니다.   5
성스러운 말씀으로 저희 손을 맺어만 주시면
사랑을 삼키는 죽음은 뭐든지 하라지요,
그녀를 내 것이라 부르면 족하니까.

─────────────

2막 6장 장소 베로나. 로런스 수사의 암자.

로런스 수사	그처럼 격렬한 기쁨은 끝 또한 격렬하여	
	입 맞추며 폭발하는 불꽃과 화약처럼	10
	절정에서 사라진다. 꿀이 너무 달다 보면	
	감미로움 자체가 싫증을 일으키고	
	정작 맛을 보았을 땐 욕구를 없앤단다.	
	적당히 사랑해라, 긴 사랑은 그렇단다.	
	너무 빨리 도착해도 너무 늦은 지각이야.	15

줄리엣 등장.

	아가씨가 왔구나. 오, 저렇게 가벼운 발걸음에	
	단단한 돌바닥은 절대 닳지 않으리라.	
	사랑하는 사람은 짓궂은 여름 바람 맞으며	
	한가로이 나부끼는 거미줄에 올라타도	
	안 떨어진다지. 덧없어라, 세상 기쁨.	20
줄리엣	고해 성사 신부님께 저녁 인사 드려요.	
로런스 수사	로미오가 우리 둘의 고마움을 표할 거다.	
줄리엣	고마움이 너무 많아 한 번은 갚을게요.	
로미오	오, 줄리엣, 그대가 느끼는 기쁨이	

16~17행 저렇게…않으리라 수사는 이 대사를 아마도 너그럽게 그리고 유머러스하게 읊을 것이다, 왜냐하면 가장 무거운 발걸음이라도 가장 단단한 돌을 닳게 할 수는 없으니까. (아든)

23행 고마움이…갚을게요 줄리엣은 로미오로부터 받은 두 번의 키스(신부의 몫을 포함하여) 가운데 한 번을 로미오에게 돌려준다.

	내 것만큼 쌓였다면, 그것을 과시할 기술이	25
	나보다도 많다면, 목소리로 주변 공기	
	감미롭게 만들고 그 풍성한 음악으로	
	이 귀한 만남에서 우리 서로 주고받는	
	상상 속의 행복을 드러내 보여 줘요.	

줄리엣　말보다는 내용으로 가득한 상상력은　　30
　　　　　장식이 아니라 본질을 뽐내는 법이에요.
　　　　　거지들은 자기 값을 헤아릴 수 있겠지만
　　　　　진실된 내 사랑은 한없이 크게 자라
　　　　　그 재산의 절반도 계산할 수 없답니다.

로런스 수사　자, 같이 가서 이 일을 재빨리 해치우자.　　35
　　　　　성스러운 교회가 너희 둘을 한 몸 만들 때까지
　　　　　실례지만 너희를 같이 둘 순 없으니까.

　　　　　　　　　　　　　　　　　　(함께 퇴장)

3막 1장

머큐쇼, 벤볼리오 및 하인들 등장.

벤볼리오　머큐쇼, 부탁인데 제발 좀 물러나자.
　　　　　날은 덥고 캐풀릿 사람들이 돌아다녀.
　　　　　만나면 싸움을 피할 수 없을 거야,

3막 1장 장소 베로나. 공공장소.

이렇게 더운 날엔 미친 피가 끓으니까.

머큐쇼 넌 선술집에 들어가 탁자 위에 자기 칼을 탕   5
올려놓고는 '네가 필요할 일이 절대 없기 바란
다.'라고 하는 녀석과 꼭 같아. 그러다가 두 잔
쯤 마시고 술기운이 돌면 술 뽑는 친구에게 칼
을 뽑지, 그럴 필요가 정말 없는데도 말이야.

벤볼리오 내가 그런 자와 같다고?   10

머큐쇼 그럼, 그럼, 넌 이탈리아의 어떤 사내 못지않
게 성질이 나 있어. 그리고 성깔을 돋우면 바
로 성질내고 성질내면 바로 성깔 부려.

벤볼리오 그런 사람은 하나도 없어.

머큐쇼 없지, 만약 그런 사람이 둘씩이나 있다면 어   15
떻게 되겠어? 바로 없어질 거야, 서로 죽일 테
니까. 너 말이야? 아니, 넌 어떤 사람의 턱수
염에 털이 너보다 하나 더 많다거나 하나 더
적다고 싸울 거잖아. 넌 어떤 사람이 열매를
깬다고 싸움을 걸 거야, 네 눈이 개암 열매   20
색깔인 것 말고는 아무런 이유도 없이. 그 눈
말고 어떤 눈이 그런 싸움을 탐지해 내겠어?
네 머리는 계란이 먹을 걸로 꽉 차 있듯이 싸
움으로 꽉 차 있어. 하지만 네 머리는 싸움
때문에 계란처럼 깨지고 또 썩었어. 넌 어떤   25
사람이 길거리에서 기침한다고 그래서 햇볕
쬐며 자고 있는 너의 개를 깨웠다고 싸웠잖

아. 양복쟁이 하나와는 부활절이 오기도 전
에 새 저고리를 입었다고, 또 하나와는 새 구
두에 낡은 리본을 달았다고 다투지 않았어?   30
그러면서 내게는 싸움을 멀리하라 가르쳐!

벤볼리오　내가 만약 너처럼 툭하면 싸운다면 내 생명
의 절대 소유권은 누구나 살 수 있는 한 시
간 십오 분짜리밖에 안 될 거야.

머큐쇼　절대 소유권이라! 순진하긴!   35

티볼트, 페트루시오, 그리고 몇 사람 등장.

벤볼리오　골치 아파, 캐풀릿 인간들이 나타났어.

머큐쇼　밟아 버려, 상관 안 해.

티볼트　내 뒤를 바싹 따라와, 놈들에게 말 걸 테니. 신
사 분들, 좋은 오후입니다. 어느 한 분께 한마디만.

머큐쇼　우리 가운데 한 사람에게 한마디만? 거기에   40
뭘 덧붙여 한마디와 한 방으로 만드시지.

티볼트　기회만 준다면 기꺼이 그렇게 할 수 있다는
걸 아실 겁니다.

머큐쇼　주지 않은 기회를 만들어 낼 순 없습니까?

티볼트　머큐쇼, 넌 로미오와 한패니까 —   45

머큐쇼　패거리라고? 아니, 넌 우리를 악사 나부랭이
로 취급하는 거야? 우리를 악사로 취급한다
면 불협화음밖에는 들을 생각 말아야지. 이

	게 내 활이고, 이게 널 춤추게 만들 거야. 패	
	거리라고, 제기랄!	50
벤볼리오	여기는 대중들이 자주 찾는 장소야.	
	조용한 곳으로 자리를 옮기든지	
	아니면 차분하게 불만을 설명해.	
	안 그러면 떠나자, 모두 우릴 응시해.	
머큐쇼	사람 눈은 보라고 있는 건데 응시들 하라지.	55
	암, 난 누가 뭐래도 꼼짝하지 않을 거야.	

로미오 등장.

티볼트	그럼 잘 지내시지, 내 사람이 왔으니까.	
머큐쇼	그가 너의 수하라면 내 목을 내놓겠다.	
	참, 결투장에 먼저 가요, 그가 따를 테니까.	
	그래야 나리께서 '내 사람' 운운할 수 있죠.	60
티볼트	로미오, 너에 대한 내 사랑은 있지만	
	이보다 좋은 말은 못 하겠다. 넌 상놈이다.	
로미오	티볼트, 너를 사랑해야 할 이유가 있어서	
	그 인사에 적합한 분노를 대부분	
	누그러뜨리겠다. 난 상놈 아니다.	65
	그러니까 잘 가라, 넌 나를 몰라보는구나.	
티볼트	자식이, 그런다고 내게 줬던 모욕을	

49행활 쏘는 활이 아니라 현을 켜는 데 쓰는 도구.

용서받진 못할 테니 돌아서서 칼을 뽑아.

로미오 단언컨대 난 너를 절대로 모욕한 적 없었고
내 사랑의 이유를 네가 알아낼 때까지   70
네 상상을 넘을 만큼 사랑하고 있단다.
그러니 훌륭한 캐풀릿 ― 나는 그 이름을
내 것만큼 소중하게 여기니까 ― 이해해라.

머큐쇼 오, 조용하고 비열하고 더러운 복종이다!
단 일격에 이기는군.   (칼을 뽑는다.)   75
쥐나 잡는 티볼트, 저쪽으로 가 보실까?

티볼트 나한테 무슨 볼일 있으신지?

머큐쇼 고양이의 왕이시여, 당신의 아홉 목숨 가운
데 단 하나를 원하오. 감히 그걸 빼앗고 또
지금부터 날 어떻게 대하는지에 따라서 나머   80
지 여덟 개도 요절낼 참이오. 칼 귀를 붙잡고
가죽집에서 뽑아낼 거지? 서둘러, 안 그러면
그게 나오기도 전에 내 칼이 너의 귀 근처로
갈 테니까.

티볼트 내가 상대하지.   (칼을 뽑는다.)   85

로미오 머큐쇼, 제발 검을 집어넣어.

머큐쇼 자, 전방 공격 해 보시지.   (둘이 싸운다.)

로미오 벤볼리오, 칼을 뽑아, 무기를 못 쓰게 해.
이보게들, 창피해, 이 폭력을 그만두게.

78행 아홉 목숨 속담에 등장하는 미신. (아든)

티볼트, 머큐쇼! 군주께서 특명으로　　　　　　　90
베로나 거리에서 치고받지 말라고 하셨어.

　　　　　　(로미오가 둘 사이에 끼어든다.)

멈춰라, 티볼트! 이보게 머큐쇼!

　　(티볼트가 로미오의 팔 밑으로 머큐쇼를 찌른다.

　　　　　　　티볼트, 추종자들과 함께 급히 퇴장)

머큐쇼　　　　　　　　　　찔렸어.
두 집안 다 염병에나 걸려라. 난 끝났어.
그는 갔어, 멀쩡하게?

벤볼리오　　　　　　　아니 너, 찔렸어?

머큐쇼　웅 그래, 할퀴었어, 할퀴었어, 근데 족해.　95
내 시동 어딨어? 야 이놈아, 의사를 불러와.

　　　　　　　　　　　(시동 퇴장)

로미오　자, 기운 내, 별것 아닌 상처야.

머큐쇼　그래, 우물만큼 깊지도 교회 문만큼 넓지도
않지만 이걸로 족해, 목적 달성할 테니까. 내
일 나를 찾아봐, 무덤 사람 됐을 테니. 난 이　100
세상에선 볼 장 다 봤어, 장담하지. 너희 두
집안 다 염병에나 걸려라. 제기랄, 개 새끼 쥐
새끼 고양이 새끼가 사람을 할퀴어 죽게 해.
검술 교재 따라서 싸우는 떠버리 불한당 상
놈이 ― 도대체 넌 우리 둘 사이에 왜 끼어들　105
었어? 네 팔 밑으로 찔렸잖아.

로미오　난 다 좋게만 생각했어.

머큐쇼	누구네 집이든 데려다 줘, 벤볼리오,
	기절할 것 같아. 두 집안 다 염병에나 걸려라,
	날 구더기 밥으로 만들었어. 난 당했어,
	게다가 늘씬하게. 두 집안 때문이야

110

(머큐쇼와 벤볼리오 함께 퇴장)

로미오	군주님의 가까운 친척이며 바로 내 친구인
	이 신사가 이렇게 치명상을 입었다,
	나를 위해. 내 명예도 손상을 입었다 —
	한 시간 전부터 내 친척이 되었던 티볼트,
	티볼트의 모독으로. 오, 사랑하는 줄리엣,
	난 그대의 아름다움 때문에 약해졌고
	강철 같은 내 용맹도 부드럽게 바뀌었소.

115

벤볼리오 등장.

벤볼리오	오 로미오, 로미오, 용감한 머큐쇼가 죽었어,
	여기에서 너무 일찍 이 세상을 비웃었던
	늠름한 그 영혼은 구름 위로 올라갔어.
로미오	오늘의 불길한 운명은 앞날에 걸쳐 있고
	다른 날에 끝나야 할 슬픔의 시작일 뿐이다.

120

티볼트 등장.

벤볼리오	격분한 티볼트가 되돌아오고 있어.

로미오   의기양양 떠났었지, 머큐쇼는 살해됐고.   125

            사려 깊은 너그러움 하늘로 날릴 테니

            광기여, 불같은 네 눈으로 이제 날 인도하라!

            자 티볼트, 좀 전에 네가 내게 주었던

            그 상놈을 되받아라. 머큐쇼의 영혼이

            우리들 머리 위 가까운 곳에서   130

            동무할 네 영혼을 기다리고 있으니까.

            너나 나, 아니면 둘이서 그와 함께 가야 해.

티볼트   그와 같은 패거리인 불행한 네 녀석을

            함께 가게 해 주지.

로미오   이걸로 결정하자.

                (둘이서 싸우다가 티볼트 쓰러진다.)

벤볼리오   로미오, 도망쳐, 달아나,   135

            시민들이 일어났고 티볼트는 살해됐어!

            멍하게 서 있지 마. 붙잡히면 군주께서

            사형을 내리신다. 여기서 도망쳐, 달아나!

로미오   오, 난 운명의 노리개다.

벤볼리오   왜 멈춰 서 있어?

                     (로미오 퇴장)

        시민들 등장.

135행 이걸로 칼싸움으로.

시민	머큐쇼를 죽인 자는 어디로 달아났소?	140
	살인자 티볼트는 어디로 달아났소?	
벤볼리오	그 티볼트, 저기에 누웠소.	
시민	일어나 같이 가요.	
	군주의 이름으로 명령하니 따르시오.	

군주, 몬터규, 캐풀릿, 두 부인 및
모두들 등장.

군주	이 고약한 소동을 일으킨 자들은 어딨느냐?	
벤볼리오	오, 군주님, 제가 이 치명적인 싸움의	145
	불행한 전말을 다 밝힐 수 있습니다.	
	군주님의 친척인 용감한 머큐쇼를 죽이고	
	로미오에 의해서 죽은 사람 저기 누웠습니다.	
캐풀릿 부인	내 조카 티볼트, 아, 오빠의 아들이다!	
	오, 군주시여, 오, 남편이여, 오, 소중한	
	제 친척이	150
	피를 흘렸습니다. 공정하신 군주시여,	
	우리 피의 대가로 몬터규 피 흘리소서.	
	오, 조카야, 조카야.	
군주	벤볼리오, 누가 이 혈투를 시작했나?	
벤볼리오	살해된 티볼트요, 로미오가 살해했죠.	155
	로미오는 그에게 이 싸움이 얼마나 하찮은지	
	생각해 보라 했고, 더불어 군주님의 노여움을	

역설하였습니다. 이 모두를 부드럽게
차분하고 겸손하게 허리 굽혀 말했으나
화해에 귀 막은 티볼트의 사나운 역정을   160
잠재울 순 없었고, 날카로운 그의 칼은
용감한 머큐쇼의 가슴을 향했는데
못지않게 화난 그도 살기등등 대적하며
무사다운 냉소로 차가운 죽음을
한 손으로 막은 다음 그걸 다른 손으로   165
티볼트에게 보냈지만 그 또한 민첩하게
맞받아 쳤답니다. 로미오는 큰 소리로
'그만둬, 친구들, 떨어져.' 외치면서 팔을 들어
혀보다 더 빠르게 칼끝들을 쳐 내리며
둘 사이로 돌진했고 그의 팔뚝 밑으로   170
악의에 찬 티볼트가 건장한 머큐쇼를 찔러서
명줄을 끊었으며, 그런 다음 도망을 갔다가
곧바로 되돌아와 로미오를 만났는데
그 또한 새롭게 복수심을 품었기에
두 사람은 번개처럼 맞붙어 건장한 티볼트는   175
제가 둘을 떼 놓기도 이전에 살해됐고
그가 땅에 쓰러지자 로미오는 달아났습니다.
이 사실이 허위라면 저를 죽이십시오.

캐풀릿 부인 이자는 바로 그 몬터규의 친척으로
정에 끌려 거짓되고 진실하지 못합니다.   180
이 음흉한 싸움에는 스물 정도 관련됐고

스무 명이 죽인 건 한 목숨뿐입니다.
정당한 처벌을 청하오니 내리셔야 합니다.
티볼트를 살해한 로미오가 살아선 안 됩니다.

군주 머큐쇼를 죽인 그를 로미오가 살해했다.　　　185
귀한 피의 대가를 누가 치를 것인가?

몬터규 로미오는 아닙니다, 머큐쇼의 친구니까.
잘못이 있다면 티볼트의 목숨을 법 대신
끊은 것뿐입니다.

군주 　　　　　　　　바로 그 죄를 물어
짐은 그를 이곳에서 지금 즉시 추방한다.　　　190
이 무식한 난동에서 내 혈족이 피 흘리니
당신들의 싸움에는 내 몫 또한 있도다.
그렇지만 벌금형을 엄청나게 크게 매겨
모두들 내 손실을 후회하게 만들겠다.
탄원이나 변명 따윈 듣지 않을 것이고　　　195
눈물로도 기도로도 면죄부는 못 살 테니
이용 말라. 로미오는 급히 여길 뜨게 하라.
발각되면 그 시간이 마지막이 될 것이다.
시체를 옮겨 놓고 짐의 뜻을 기다려라.
살인자를 용서하는 자비 또한 살인이다.　　　200

(함께 퇴장)

3막 2장

줄리엣 홀로 등장.

줄리엣 번개처럼 발 빠른 말들이여, 질주하라,
　　　　태양신의 안식처로. 파에톤 같은 마부가
　　　　서쪽으로 너희들을 채찍질하면서
　　　　당장에 어두운 밤 불러오면 좋으련만.
　　　　사랑 짓는 밤이여, 짙은 장막 드리워라,　　　　5
　　　　훼방꾼들 눈을 가려 소리 없이 소문 없이
　　　　로미오가 내 품으로 뛰어들 수 있도록.
　　　　연인들의 고운 빛은 그들이 올리는 사랑 의식
　　　　볼 수 있게 해 주지만 사랑이 눈멀다면
　　　　밤이 가장 어울려. 엄숙한 밤이여, 오너라,　　　10
　　　　온통 검게 차려입은 수수한 부인처럼.
　　　　그래서 오점 없는 처녀 총각 둘이서 벌이는
　　　　지면서 이기는 시합을 나에게 가르쳐라.
　　　　네 검은 외투로 남편 없이 달아오른
　　　　내 뺨을 가려 줘라, 수줍은 사랑이 용감해져　　　15
　　　　참사랑이 순결을 움직였다 생각하게.
　　　　밤은 오고, 밤중의 낮 로미오여, 어서 와요,

3막 2장 장소 베로나. 캐퓰릿의 저택.
2행 파에톤 태양신 포이보스(아폴로)의 아들로 아버지의 불 마차를 하루만
몰도록 허락을 받았으나 말들을 잘 통제하지 못하여 지구를 태울 지경에
이르자 제우스에게 죽임을 당했다.

그대는 까마귀 등 위의 첫눈보다 더 희게
밤의 두 날개 위에 누워 있을 테니까.
순한 밤, 정다운 칠흑빛 밤이여, 어서 와서   20
로미오를 내게 주고 이 몸이 죽게 될 때
그이를 잘게 썰어 조각 별을 만들어라.
그러면 온 하늘은 너무나 찬란하여
세상 사람 모두가 밤을 사랑할 것이며
현란한 태양은 숭배하지 않을 거다.   25
오 나는 사랑이란 이름의 저택을 샀으나
소유하진 못했고 그이에게 팔렸으나
즐거움은 아직 없다. 오늘은 지루하기
한량이 없구나, 축제 있기 전날 밤에
새 옷을 받았으나 입지는 못하는   30
초조한 아이처럼. 아, 유모가 저기 오네.

줄사다리를 앞에 든 유모, 두 손을 쥐어짜며 등장.

소식을 가져왔고, 로미오의 이름만 부르면
그 누구든 천상의 웅변가가 되고 말아.
자 유모, 무슨 소식? 손에 든 건 또 뭐야?
로미오가 가져가란 밧줄이지?

유모   밧줄은 맞아요.   35
줄리엣   아이참, 소식은? 손은 왜 쥐어짜?
유모   아이고, 그이가 죽었어요, 죽었어, 죽었어!

94

아가씨, 우리는 망했어요, 망했어!

어쩌나, 떠났어요, 살해됐고 죽었어요.

줄리엣 하늘이 그렇게 악독해?

유모 하늘은 안 그래도 40

로미오는 그래요. 오, 로미오, 로미오!

누가 그걸 생각이나 했겠어요? 로미오!

줄리엣 유모가 악귀야, 날 이렇게 괴롭히게?

이러한 고문은 음울한 지옥에나 어울려.

로미오가 자결했어? '예.'라고 말만 해, 45

나는 그 한마디에 노려보면 죽는다는

닭뱀의 눈보다 더 심한 독기를 받을 거야.

그런 '예.'가 있거나 그이가 두 눈을 감았기에

그런 '예.'가 나왔다면 난 내가 아니야.

죽었으면 '예.' 하고, 아니라면 '아뇨.' 해, 50

짧은 말이 행불행을 결정할 테니까.

유모 상처를 봤어요, 내 눈으로 봤다고요.

— 하느님 맙소사 — 사나이 가슴 여기.

불쌍한 피투성이 불쌍한 시체는

재, 재처럼 창백했고 온몸은 피범벅, 55

엉긴 피를 덮어썼어. 난 보고 기절했다고요.

47행닭뱀 바실리스크 혹은 코카트리스라고 불리는 전설 속의 괴물. 머리와
다리, 날개는 닭, 몸통과 꼬리는 뱀의 형상으로, 그 눈길을 받은 상대는 죽
는다고 한다.

줄리엣	오, 내 심장아 터져라, 빈털터리 곧 터져라.
	두 눈은 감옥 가고 절대 자유 못 보리라.
	천한 이 몸, 흙이 되고 동작은 예 멈춰라,
	이 몸과 로미오는 슬픈 관 하나에 누우리라 60
유모	오, 티볼트, 티볼트, 나의 최고 친구여.
	오, 예절 바른 티볼트, 명예로운 신사여.
	내가 당신 죽음을 살아서 볼 줄이야.
줄리엣	이 무슨 폭풍이 정반대로 마구 불지?
	로미오는 살해됐고 티볼트도 죽었어? 65
	최고 귀한 내 사촌과 더 귀한 내 남편이?
	그렇다면 무서운 나팔은 종말을 고하라,
	그 둘이 떠났다면 산 사람은 없을 테니.
유모	티볼트는 떠나갔고 로미오는 추방이요,
	그를 죽인 로미오, 그이는 추방이요. 70
줄리엣	오, 하느님! 로미오가 티볼트의 피를 흘려?
유모	그랬어요, 그랬어, 아이고, 그랬어요!
줄리엣	오, 꽃 얼굴 뒤에 숨은 독사의 심장이여!
	그렇게 고운 굴에 용이 산 적 있었을까?
	아름다운 폭군이여, 천사 같은 악마여, 75
	비둘기 털 까마귀! 늑대 이빨 양이여!
	최고신의 모습 갖춘 혐오스러운 실체여!

74행용 줄리엣이 말하는 서양의 용은 동양 문화권에서처럼 상서로운 영물
이 아니라 탐욕을 상징하는 괴물이다.

정확한 겉모습의 정확한 반대여!
저주받은 성자여, 명예로운 악한이여!
오, 자연이여, 당신은 뭣 때문에 지옥에서　　　80
그렇게도 아름다운 육신의 낙원 속에
마귀의 영혼을 집어넣은 것입니까?
그렇게 저급한 내용을 그토록 아름답게
담은 책이 있었을까? 오, 그 화려한 궁전에
거짓이 머물다니!

유모　　　　　　　　　신뢰도 믿음도 정직도　　　85
남자에겐 없답니다. 모두가 위증하고
거짓되며 사악하고 사기꾼들이에요.
아, 내 하인 어딨어? 독한 술 좀 가져와라.
이런 고뇌, 이런 비탄, 슬픔으로 내가 늙어.
빌어먹을 로미오!

줄리엣　　　　　　　　　그러길 바라는 혓바닥은　　　90
갈라 터져 버려라! 빌어먹지 않을 거야.
그이의 이마에는 그런 운수 못 들어와,
그곳은 영예가 온 세상의 유일한 군주로서
왕관 쓰고 자리 잡는 옥좌이기 때문에.
오, 내가 그일 꾸짖다니 짐승 같은 짓이었어.　　　95

유모　　사촌을 죽였는데 좋게 말할 거예요?
줄리엣　　내가 내 남편을 나쁘게 말해야 돼?
아, 불쌍한 서방님, 세 시간밖에 안 된 아내가
당신 이름 구겼는데 그 누가 펴 줄까요?

하지만 몹쓸 당신, 내 사촌을 왜 죽였죠? 100
그 몹쓸 사촌이 내 남편을 죽이려 했으니까.
어리석은 눈물아, 원천으로 돌아가라,
네 몸을 떨어뜨려 바칠 곳은 비탄인데
기쁜 일에 잘못 알고 내놓으려 하는구나.
티볼트가 살해할 뻔했던 내 남편은 살았고 105
내 남편을 살해할 뻔했던 티볼트는 죽었다.
이 모든 게 안심이다. 그럼 내가 왜 울지?
티볼트의 죽음보다 몹쓸 말이 있었는데
그게 날 살해했다. 그걸 잊고 싶지만
오, 죄인 가슴 압박하는 저주받은 악행처럼 110
그것이 내 기억을 짓누르고 있구나.
'티볼트는 죽었고 로미오는 추방됐다.'
'추방됐다.' 바로 그 '추방됐다.' 한마디에
만 명의 티볼트가 살해됐다. 티볼트의 죽음은
그게 끝이었다면 충분히 비통한 일이었다. 115
아니면, 시무룩한 비탄이 친구를 좋아해서
비통의 대열에 꼭 끼어야 되겠다면
'티볼트가 죽었다.'는 유모의 말 뒤에
슬플 때 흔히들 생길 법한 일로서 왜
아버지나 어머니, 아니면 둘 다가 아니고 120
티볼트의 죽음 뒤에 '로미오는 추방됐다.'
그 말이 따라왔지? 바로 그 한마디에
아버지, 어머니, 티볼트, 로미오, 줄리엣이

다 살해되었고 다 죽었다! '로미오는 추방됐다!'
그 말 속의 죽음엔 끝이나 한계나 크기나   125
경계가 없어서 말로는 그 비탄을 잴 수 없다.
유모, 아버지와 어머니는 어디에 계시지?

유모 티볼트의 시체 놓고 울고불고하세요.
두 분에게 가시려고? 모셔다 드릴게요.

줄리엣 눈물로 그 상처를 씻으셔? 그 눈물이 마르면   130
내 눈물은 로미오의 추방 두고 흘릴 거야.
그 밧줄을 집어 들어. 불쌍한 밧줄아,
너와 난 속았다, 로미오는 유배되었으니까.
내 침실 오는 길로 그인 너를 만들었어.
하지만 난 처녀이자 과부로 죽는단다.   135
자 밧줄아, 자 유모, 나는 신방 갈 테니
죽음아, 로미오 대신에 내 처녀성 가져라.

유모 방으로 빨리 가요. 아가씨를 위로해 줄
로미오를 찾을게요, 어딨는지 잘 압니다.
잘 들어요, 로미오가 밤에 여기 올 거예요.   140
가 볼게요. 로런스 님 암자에 숨었어요.

줄리엣 오, 찾아봐, 이 반지를 기사님께 전하고
마지막 작별 위해 오시라고 일러 줘. (함께 퇴장)

3막 3장
로런스 수사 등장.

로런스 수사　나와라 로미오, 나와라, 겁에 질린 사람아.
고난이 네 자질에 마음을 빼앗겼고
그래서 넌 재앙과 결혼한 셈이다.

로미오 등장.

로미오　신부님, 소식은요? 군주님의 심판은요?
제가 아직 모르는 무슨 슬픔 다가와서　　　　5
친교를 갈구하죠?

로런스 수사　　　　　　　　사랑하는 내 아들은
시무룩한 자들과 너무 친숙하구나!
너에게 군주님의 심판 소식 가져왔다.

로미오　최후 심판 아니라면 무슨 심판인데요?

로런스 수사　관대한 판결이 그 입에서 나왔단다.　　　　10
육신의 죽음이 아니라 육신의 추방이다.

로미오　하! 추방이라! 자비롭게 '죽음'이라 하세요.
유배형의 모습은 죽음보다 훨씬 더
쳐다보기 끔찍해요. '추방'이란 말 마세요.

로런스 수사　너는 이곳 베로나 시에서 추방됐다.　　　　15

3막 3장 장소 베로나. 로런스 수사의 암자.

100

　　　　　　참아라, 이 세상은 크고도 넓으니까.

로미오　　　베로나 성벽 넘어 딴 세상은 없습니다,

　　　　　　연옥과 고문과 지옥 자체 말고는.

　　　　　　그러므로 '추방'은 세상에서 추방이고

　　　　　　세상에서 유배는 죽음이죠. 그래서 '추방'은　　20

　　　　　　죽음의 오기이며 죽음을 '추방'이라 부르면서

　　　　　　신부님은 제 머리를 금도끼로 자른 다음

　　　　　　그 살인의 일격에 미소 짓고 있답니다.

로런스 수사　오, 지독하게 나쁜 죄! 오, 무례한 배은망덕!

　　　　　　네 잘못은 사형인데 친절한 군주께서　　　　25

　　　　　　네 편을 들면서 법을 밀쳐 버리고

　　　　　　'죽음'이란 험한 말을 '추방'으로 바꾸셨다.

　　　　　　이건 정말 자비인데 넌 그걸 보지 못해.

로미오　　　자비가 아니라 고문이죠. 줄리엣이 사는 곳,

　　　　　　여기가 천국이고 모든 개와 고양이　　　　　30

　　　　　　어린 생쥐까지도, 가치 없는 모든 것도

　　　　　　이 천국에 살면서 그녀를 보건만

　　　　　　로미오만 못 봐요. 쉬파리들조차도

　　　　　　로미오를 능가하는 가치와 지위와

　　　　　　예법이 있답니다. 놈들은 줄리엣의　　　　　35

　　　　　　놀라운 흰 손을 붙잡고 그녀의 두 입술,

　　　　　　순결한 여사제의 바로 그 겸손으로

　　　　　　맞닿음도 죄인 양 항상 붉게 물드는 그곳에서

　　　　　　불멸의 축복을 훔쳐 낼 수 있건만

	로미오는 못 그래요, 그는 추방됐습니다.	40
	파리들도 하는 일을 피해야만 합니다.	
	놈들은 자유지만 저는 추방됐습니다.	
	그런데도 유배가 죽음이 아니란 말입니까?	
	조제 독약 없어서, 날 선 칼이 없어서	
	추하지 않게끔 급사시킬 방법이 없어서	45
	'추방'으로 절 죽여요? '추방'이라고요?	
	오, 수사님, 그 말은 울부짖음과 함께	
	지옥에서 쓴답니다. 무슨 맘을 먹었기에	
	성직자이면서 고해 성사 받는 분이	
	죄 사면을 하는 분이, 친구라고 밝힌 분이	50
	'추방'이란 말로써 저를 짓이깁니까?	
로런스 수사	어리석은 미치광이, 내 말 좀 들어 봐라.	
로미오	오, 또다시 추방 얘기 하려는 거지요.	
로런스 수사	그 말을 막아 줄 갑옷을 네게 주마,	
	역경 속의 달콤한 우유인 철학으로	55
	추방은 당했지만 너를 위로해 주마.	
로미오	아직도 '추방'이요? 철학 집어치워요.	
	철학으로 줄리엣을 만들어 내거나	

39행 불멸의 축복 자기 손에 앉은 파리를 쫓으며 줄리엣이 '신의 축복이 있기를!(God bless you!)' 또는 '축복이 있기를!(Bless you!)'이라고 하는 말. 원래는 악이나 재난으로부터 인간을 지켜 주는 신의 가호를 기원하는 말이었지만 단순하게 '이런!' 정도의 뜻을 가진 표현으로 변했다.

	도시를 옮기거나 군주 판결 뒤집지 못하면
	도움도 납득도 안 됩니다. 그만해요. 60
로런스 수사	오, 미치면 안 들린단 그 말이 맞는구나.
로미오	어떻게 듣겠어요, 현자가 못 보는데?
로런스 수사	네 처지를 우리 함께 의논 좀 해 보자.
로미오	본인이 느끼지도 못하는 걸 말할 순 없어요.
	신부님이 저처럼 젊은데, 줄리엣이 아내이고 65
	결혼한 지 한 시간에 티볼트는 살해됐고
	저처럼 혹했고 저처럼 추방된 상태라면
	그러면 저처럼 얘기하고 머리칼 쥐어뜯고
	지금 제 행동처럼 땅바닥에 드러누워
	파지 않은 무덤 크길 재어 보고 있겠지요. 70

(노크)

로런스 수사	일어나, 누가 왔어. 로미오야, 몸을 숨겨.
로미오	아닙니다, 안타까운 신음의 입김이
	안개처럼 날 못 찾게 감싸 주지 않는다면.

(노크)

로런스 수사	심하게 두드리네. 누구요? — 로미오, 일어나,
	붙잡혀 갈 거야. — 잠깐만요. — 일어서. (노크) 75
	내 서재로 달려가. — 곧 갑니다. — 이거야 원,
	왜 이렇게 어리석어? — 갑니다, 간다고요. (노크)
	누가 그리 두들겨요? 어디서, 왜 왔어요?
유모	(안에서) 들어가게 해 주시면 말씀드리겠어요.
	줄리엣 아가씨가 보냈어요.

로런스 수사	그럼 어서 오시오.	80
	(문을 따 준다.)	

유모 등장.

유모	오, 수사님, 말씀 좀 해 주세요, 수사님,
	아가씨의 서방님, 로미오는 어딨어요?
로런스 수사	제 눈물에 취해서 저기 저 땅바닥에.
유모	오, 아가씨가 보여 주는 바로 그 모습이네!
	꼭 같은 모습이야. 오, 비통의 일치야! 85
	가련한 곤경이야! 그녀도 꼭 저렇게 누워서
	울고불고, 불고 울고 그러고 있답니다.
	일어나요 일어나, 남자답게 일어서요.
	줄리엣을 위하여, 그녀 위해 일어서요.
	그렇게 깊은 오! 속에는 왜 빠져 있어요? 90
로미오	유모. (그가 일어선다.)
유모	아 예, 아 예, 죽으면 다 끝이에요.
로미오	줄리엣 얘기 했지? 상태는 어떤데?
	이 몸을 닮고 닮은 살인자로 생각 안 해?
	내가 방금 그녀와 멀지 않은 친척 피로

85~86행 비통의…곤경이야 이렇게 어렵고 유식한 말은 유모에게 어울리지 않는
다고 생각하는 편집자들은 이 대사를 로런스 수사에게 돌리기도 하지만 그
녀도 몇 마디쯤은 멋진 말을 적절한 자리에서 쓸 수 있지 않을까? (아든)

갓 움튼 우리 기쁨 물들여 놨으니까.   95
어디 있어? 어떡하고? 숨통 끊긴 우리 사랑
숨겨 놓은 내 아내는 뭐라고 말했어?

유모   오, 아무 얘기 안 하시고 울고 또 울다가
침대에 엎어졌다 벌떡 일어나서는
티볼트를 부른 다음 '로미오'를 외치고   100
다시 엎어지셔요.

로미오   그건 마치 그 이름이
무섭게 정조준 된 포구에서 발사되어
그 이름의 욕된 손이 그녀 친척 살해했듯
그녀를 살해한 것 같네. 오, 수사님, 말해 줘요.
이 몸의 어느 추한 부분에 제 이름이   105
머물고 있는지. 말해 줘요, 그 미운 저택을
부숴 버릴 테니까.

로런스 수사   멈춰라 그 무모한 손.
네가 과연 남자냐? 생긴 꼴은 그렇다만
네 눈물은 여자 같고 네 거친 행동은
짐승의 비이성적 광기를 드러낸다.   110
남자처럼 보이는데 볼품없는 여자이고
둘 다인 것 같은데 보기 흉한 짐승이라!
넌 정말 놀랍구나. 내 성직에 맹세코
나는 네 성품이 이보다는 좋은 줄 알았다.
티볼트를 죽였어? 자결할 작정이냐?   115
그래서 네 생명 안에 사는 네 아내를

저주받은 자해로 죽이려고 하느냐?
네 출생과 하늘과 땅, 왜 원망하느냐?
한꺼번에 잃겠다는 네 출생과 하늘과 땅,
세 가지가 한꺼번에 네게로 모였는데.   120
허, 네 모습과 네 사랑과 네 지능이 창피하다,
그 모두가 풍족한데 고리대금업자처럼
정말로 써야 할 곳, 네 모습과 사랑과 지능을
장식하는 일에는 하나도 안 쓰다니.
남자의 용맹성, 거기에서 벗어나면   125
고귀한 네 모습도 밀랍상일 뿐이고
간직하길 맹세했던 그 사랑을 저버리면
소중한 네 사랑도 허황된 위증일 뿐이며
네 모습과 네 사랑의 장식품인 네 지능도
앞선 둘의 잘못된 처신으로 망가졌어.   130
미숙한 군인의 뿔 통에 든 화약이
자신의 부주의로 불붙고 폭발하여
자기방어 수단으로 사지가 찢어지는 것처럼.
어허, 정신 차려! 소중한 줄리엣을 위하여
좀 전에 넌 죽으려 했는데 그녀는 살아 있어.   135
그래서 넌 운이 좋아. 널 죽이려고 했던
티볼트를 살해했어. 그래서 넌 운이 좋아.
사형으로 위협하던 국법이 친구 되어
추방을 내놓았다. 그래서 넌 운이 좋아.
축복은 떼를 지어 너에게 몰려오고   140

행복은 최고의 옷을 입고 너에게 구애한다.
그런데 넌 버릇없고 무뚝뚝한 처녀같이
네 행운과 애인을 못마땅해하는구나.
조심해, 그럭하면 비참하게 죽으니까.
약속했던 그대로 아내에게 가 보아라.   145
침실로 올라가 — 어서 가서 위로해 주거라.
하지만 파수를 설 때까진 머물지 마,
그럼 넌 만토바로 건너가지 못하니까.
넌 거기에 살 거야. 우리가 때를 봐서
네 결혼을 공표하고 친구들을 화해시키고   150
군주님께 사면 청해 떠날 때의 슬픔보다
백만 배의 기쁨으로 너를 불러올 때까지.
유모는 앞서 가게. 아가씨께 안부하고
온 집안을 일찍 자게 만들라고 하게나.
깊은 슬픔 때문에 그러기가 십상일 테니까.   155
로미오가 간다네.

유모　어머나, 밤새 여기 남아서 훌륭한 충고를
들었으면 좋겠네. 오, 아는 것도 많으셔라.
서방님, 아가씨께 오신다고 알릴게요.

로미오　그래 줘, 꾸중할 준비도 하고 있고.   160

　　　　　　　　(유모가 가려다가 되돌아온다.)

유모　여기요, 아가씨가 전하라던 반지예요.
서둘러 오세요, 많이 늦어졌답니다.　　(퇴장)

로미오　이걸 보니 얼마나 위안이 되는지.

로런스 수사	가 보아라, 잘 자고. 네 상황은 이렇다.
	파수 서기 이전에 이곳을 떠나든지	165
	동틀 녘에 변장하고 여기를 떠나거라.
	만토바에 체재해. 나는 네 하인을 찾아서
	여기서 일어나는 좋은 일은 모조리
	수시로 너에게 알리도록 하겠다.
	악수하자. 늦었다, 잘 가고 좋은 밤 보내라.	170
로미오	크나큰 기쁨이 절 부르지 않는다면
	이런 급한 작별은 슬픔일 것입니다.
	안녕히 계십시오. (함께 퇴장)

로런스 수사 가 보아라, 잘 자고. 네 상황은 이렇다.
파수 서기 이전에 이곳을 떠나든지   165
동틀 녘에 변장하고 여기를 떠나거라.
만토바에 체재해. 나는 네 하인을 찾아서
여기서 일어나는 좋은 일은 모조리
수시로 너에게 알리도록 하겠다.
악수하자. 늦었다, 잘 가고 좋은 밤 보내라.   170
로미오 크나큰 기쁨이 절 부르지 않는다면
이런 급한 작별은 슬픔일 것입니다.
안녕히 계십시오.   (함께 퇴장)

3막 4장

캐풀릿 노인, 캐풀릿 부인과 파리스 등장.

캐풀릿 그런데 일이 너무 불운하게 벌어져
우리 딸을 설득할 시간이 없었다네.
이보게, 그 애는 티볼트를 지극히 사랑했고
나 또한 그랬다네. 하긴, 태어나면 죽는 법.
상당히 늦었네. 오늘 밤 그 애는 안 내려와.   5
단언컨대 난 손님이 자네가 아니었더라면
한 시간 전에 벌써 잠자리로 갔을 걸세.

3막 4장 장소 베로나. 캐풀릿의 저택.

파리스	비탄의 시간에 구애할 시간은 없군요.
	마님, 따님에게 안부 전해 주십시오.
캐퓰릿 부인	그러지, 아침 일찍 걔 뜻도 알아내고.
	그 애는 오늘 밤 무거운 시름에 갇혀 있네.

(파리스가 가려는데 캐퓰릿이 그를 다시 부른다.)

캐퓰릿	파리스 백작, 내 자식의 혼사에 대하여
	절박한 제안을 하겠네. 그 애는 모든 걸
	내 결정에 맡길 것 같은데, 암, 틀림없어.
	여보, 잠자러 가기 전에 걔에게 가 보시오.
	내 사위 파리스의 사랑을 알려 주고
	걔에게 — 알겠소? — 다가오는 수요일에 —
	잠깐만 — 오늘이 무슨 요일이던가?
파리스	월요일요.
캐퓰릿	월요일! 하 하! 하긴, 수요일은 너무 일러.
	목요일로 하자고, 목요일에 그 애가
	이 백작과 결혼할 거라고 말하시오.
	자네는 준비되나? 이렇게 서둘러도 좋은가?
	큰 법석은 없을 걸세 — 친구 한둘 정도로.
	들어 보게, 티볼트가 살해된 게 최근인데
	너무 흥청거리면 우리의 친척인 그 애를
	소홀히 여긴다고 생각할 테니까.
	그래서 아는 사람 여섯 정도 부르고
	그걸로 끝일세. 그런데 목요일은 괜찮은가?
파리스	어르신, 저는 그 목요일이 내일이면 합니다.

10

15

20

25

캐풀릿 그렇다면 가 보게, 목요일로 하겠네.   30
      당신은 자기 전에 줄리엣한테 가서
      혼인날에 대비하여 준비를 시키시오.
      잘 가게, 백작. ─ 여봐라, 내 방에 불 밝혀라!
      이거 참, 시간이 너무 늦어 이제 곧
      새벽이라 말해도 될 것 같군. 잘 자게.   35

                                    (모두 퇴장)

3막 5장
로미오와 줄리엣 위쪽의 창문에 등장.

줄리엣 가려고요? 날은 아직 밝지도 않았는데.
      걱정하는 당신의 텅 빈 귀를 꿰뚫은 건
      종달새가 아니라 밤 꾀꼬리였어요.
      밤마다 저기 저 석류나무 위에서 우니까.
      내 말을 믿으세요, 여보, 밤 꾀꼬리였어요.   5
로미오 종달새였다니까, 아침의 전령이지
      밤 꾀꼬린 아니오. 저 봐요, 저 건너 동녘에
      시샘하는 빛살이 터진 구름 수놓는 걸.
      밤 촛불은 다 꺼지고 유쾌한 낮의 신이
      안개 낀 산마루에 발끝으로 서 있다오.   10

─────────────

3막 5장 장소 베로나. 캐풀릿의 정원.

난 가서 살거나 남아서 죽어야만 한답니다.

줄리엣   저 빛은 햇빛이 아니란 걸 알아요, 예,

저것은 태양이 내뿜은 혜성으로

오늘 밤 당신 위해 횃불잡이 노릇하며

만토바로 가는 길을 밝히려 한다고요.   15

그러니까 머물러요, 갈 필요 없다니까.

로미오   잡혀가게 해 줘요, 죽임을 당하도록.

당신이 그러기를 원하면 난 만족이랍니다.

나는 저 잿빛이 아침의 눈망울이 아니라

창백한 달님 이마 반사한 것뿐이며   20

저 높은 곳에서 노래로 창공을 울리는 게

종달새가 아니라고 우겨 말할 테니까.

난 가려는 의지보다 머물 맘이 더 많아요.

죽음이여 어서 와라. 줄리엣의 뜻이다.

어때요, 여보? 날은 밝지 않았소, 얘기해요.   25

줄리엣   밝았어요, 밝았어. 어서 여길 떠나세요.

거슬리는 불협화음 불유쾌한 올림표로

엉망진창 노래하는 저것은 종달새랍니다.

종달새는 고운 음을 분산 연결한다는데

저것은 못 하네요, 우릴 분리시키니까.   30

종달새와 역겨운 두꺼비가 눈을 바꿨다는데

오, 서로의 목소리도 바꿨으면 좋았을걸.

그 소리에 놀라서 우리 포옹 풀어지고

일어나라 노래하며 당신 쫓아내니까요.

아, 이제 가요, 점점 더 밝아지고 있어요. 35

로미오 날은 점점 밝아지고 우리 한탄 짙어지네.

유모 황급히 등장.

유모 아씨.

줄리엣 유모?

유모 마님께서 아씨의 방으로 오십니다.

동텄으니 조심하고 주변을 살피세요. (퇴장) 40

줄리엣 그럼 창아, 낮은 오고 생명은 가게 해라.

로미오 잘 있어요, 한 번만 키스하고 내려갈게.

(내려간다.)

줄리엣 가셨어요? 여보 당신, 예, 남편이자 애인이여,

매일매일 시간마다 소식 줘야 합니다,

단 일 분 안에도 여러 날이 있으니까. 45

오, 이렇게 셈을 하면 내가 당신 로미오를

또다시 보기 전에 늙어 버리겠어요.

로미오 (아래에서) 잘 있어요.

여보, 내 인사를 당신에게 전할 수만 있다면

그 어떤 기회도 놓치지 않을게요. 50

줄리엣 오, 당신은 우리가 다시 볼 것 같아요?

로미오 반드시 그럴 거요, 그리하여 이 모든 한탄은

우리의 미래에 달콤한 얘깃거리 될 거예요.

줄리엣 맙소사, 내 영혼이 액운을 점치네!

내 생각엔 당신이 너무 아래 있으니까 55
무덤 안에 누워 있는 죽은 사람 같아요.
내 시력이 갔거나 당신이 창백한 거겠죠.
로미오 여보, 내 눈엔 당신도 그렇게 보여요.
갈증 난 슬픔이 우리 피를 마셨어요. 안녕.

(퇴장)

줄리엣 오 운명, 운명아! 모두가 널 변덕스럽다고 한다. 60
네가 변덕스럽다면 신의로 유명한 사람을
어디다 쓰겠느냐? 운명아, 변덕을 부려라.
그럭하면 그이를 오래 아니 붙잡고
돌려보낼 테니까.

캐풀릿 부인 등장.

캐풀릿 부인 애, 딸애야, 일어났어?
줄리엣 누가 날 부르지? 어머니로구나. 65
이리 늦게 안 주무셔? 너무 일찍 깨셨나?
무슨 별난 까닭으로 오시게 된 걸까?

(창문에서 내려간다.)

캐풀릿 부인 그래, 줄리엣, 좀 어떠냐?

줄리엣 등장.

60행운명 운명의 여신.

3막 5장

113

줄리엣	안 좋아요, 어머니.
캐퓰릿 부인	사촌이 죽었다고 계속해서 울고 있어?

아니, 눈물로 그 애를 무덤에서 꺼내려고?　　　70
그래도 그 애를 살려 내진 못할 거다.
그러니 그쳐라. 애통은 사랑의 표시지만
지나치면 언제나 지각없단 표시란다.

줄리엣　그래도 느껴지는 상실이니 울겠어요.

캐퓰릿 부인　상실은 느끼지만 네 친구는 운다 해도　　　75
못 만지지 않느냐.

줄리엣　　　　　　　상실을 느낄 때면
친구 위해 계속 울지 않을 수 없어요.

캐퓰릿 부인　글쎄다, 넌 걔가 죽어서 우는 게 아니라
그 애를 참살한 악당이 살아서 울고 있지.

줄리엣　무슨 악당 말씀인지?

캐퓰릿 부인　　　　　　　로미오란 악당이지.　　.　80

줄리엣　(방백) 악당과 그이는 수십 마일 떨어져라. ―
신은 그를 사하소서. 저도 진정 용서해요.
하지만 그런 사람 때문에 애통하진 않아요.

캐퓰릿 부인　역적 같은 살인자가 살았으니 그렇지.

줄리엣　예, 어머니, 이 손이 닿을 수 없는 곳에.　　　85
나 홀로 사촌 죽음 복수할 수 있었으면.

캐퓰릿 부인　우리는 복수하게 될 테니 염려 마라.
그러니 그만 울어. 만토바로 사람을 보낼 거야,
바로 그 추방된 떠돌이가 사는 데로.

	희귀한 독약을 그자에게 먹여서	90
	머지않아 티볼트와 동무하게 만들 거야.	
	그럼 넌 만족할 거라고 믿는다.	
줄리엣	저는 정말 로미오에 절대 만족 못 해요, —	
	죽어 있는 — 그 사람을 쳐다볼 때까지	
	친척 위해 애타는 제 마음은 그래요.	95
	어머니, 독약을 가져갈 사람을	
	찾아만 주신다면 제가 그걸 조절하여	
	로미오가 받아먹고 곧바로 조용히	
	잠들게 하겠어요. 오, 그 이름 듣고 나서	
	내 마음은 이리도 그를 혐오하는데	100
	사촌을 참살한 그의 몸에 다가가서	
	내가 품은 사촌 사랑 분풀이 못 하다니.	
캐퓰릿 부인	수단을 찾아봐라, 사람은 찾아 줄게.	
	근데 얘야, 이제는 기쁜 소식 말해 주마.	
줄리엣	기쁨이 꼭 필요한 때를 맞춰 잘 왔군요.	105
	말씀해 보세요, 어머니, 뭔데요?	
캐퓰릿 부인	응 그래, 너에겐 자상한 아버지가 계신다.	
	무거운 네 마음을 덜어 주기 위하여	
	너도 예상 못 했고 나도 기대 못 했지만	

94행 죽어…사람 여기에서 줄리엣이 말하는 '그 사람'은 로미오이다. 그러나 그
녀가 의도하지 않은 아이러니는 그녀가 다음번에 그를 쳐다볼 때 그는 죽어
있다는 데 있다. (아든)

	뜻밖에도 기쁜 날을 골라 놓으셨단다.	110
줄리엣	참 다행이네요, 어머니. 그게 무슨 날이죠?	
캐퓰릿 부인	응, 얘야, 이번 주 목요일 아침 일찍	
	씩씩하고 젊으며 가문 좋은 신사인	
	파리스 백작이 널 성 베드로 성당에서	
	다행히도 기쁨에 찬 신부로 만들어 줄 거야.	115
줄리엣	성 베드로 성당과 베드로에 맹세코	
	그는 저를 기쁨에 찬 신부로 못 만들 거예요.	
	이렇게 서둘다니 이상해요. 남편 될 사람이	
	구애도 하기 전에 결혼해야 되다니.	
	아버지께 말씀드려 주세요, 어머니,	120
	전 아직 결혼 않을 거라고. 한다면 맹세코	
	파리스보다는 어머니가 제 미움을 잘 아시는	
	로미오일 겁니다. 이거 정말 소식이네!	
캐퓰릿 부인	아버지가 오신다, 네가 직접 얘기해라,	
	네 말을 어떻게 받아들이시는지 좀 보자.	125

캐퓰릿과 유모 등장.

캐퓰릿	해가 지면 땅 위에는 서리가 내린다,	
	하지만 내 형님의 아들이 지고 나니	
	곧바로 비가 오네.	
	얘, 분수라도 되었어? 뭐, 아직도 눈물을?	
	끊임없이 퍼부어? 너는 그 작은 몸 하나로	130

배와 바다 그리고 바람 흉내 내는구나.
바다라고 해도 좋을 네 눈엔 언제나
눈물이 오락가락하니까. 네 몸은 배처럼
짠물 위를 항해하고 네 한숨은 바람처럼
눈물과 뒤섞이어 맹렬하게 몰아치니   135
급히 고요 못 찾으면 폭풍 맞은 네 몸은
뒤집어질 것이다. 근데 여보, 어떡했소?
우리의 결단을 딸에게 전달했소?

캐풀릿 부인 예, 하지만 안 한다며 당신께 고맙대요.
이 바보는 무덤과 결혼하면 좋겠어요.   140

캐풀릿 잠깐만, 알아듣게, 알아듣게 말해 줘요.
뭐라고, 안 한다고? 우리에게 감사 안 해?
반갑지 않다고? 축복으로 생각 안 해?
훌륭하지 못한 애를 우리가 노력하여
참 훌륭한 신사를 신랑 되게 해 줬는데?   145

줄리엣 해 주셔서 반갑진 않으나 고맙긴 합니다.
싫은 것이 절대로 반가울 순 없으나
뜻은 사랑이기에 싫어도 고맙긴 합니다.

캐풀릿 뭐, 뭐, 어쨌다고? 말을 돌려? 이게 뭐지?
'반갑다.' '고맙다.' 하다가 '고맙잖다.'   150
게다가 '반갑잖다?' 버릇없는 것 같으니,
고맙다 반갑다 다 집어치우고
그 잘난 몸이나 추슬러 이번 주 목요일에
성 베드로 성당으로 파리스와 함께 가.

3막 5장

안 그러면 틀에 묶어 내가 끌고 가겠다.   155
나가, 이 누렇게 썩을 년아! 나가, 이 못난 것아!
허연 상관하고는!

캐풀릿 부인   아니 여보, 미쳤어요?

줄리엣 아버지, 무릎 꿇고 간청을 드리오니
한마디만 제 얘기를 들어 봐 주십시오.

                                (무릎을 꿇는다.)

캐풀릿 목이나 매거라, 말 안 듣는 못난 것!   160
내 뜻을 말해 주지. ─ 목요일에 성당에 가,
안 그러면 그 뒤로 내 얼굴 다시는 못 본다.
말이나 응답이나 대답도 하지 마라.
손이 근질거린다. 여보, 하느님이 우리에게
애 하나만 주셔서 복도 없다 그랬잖소.   165
그런데 이제 보니 이 하나도 너무 많고
우리가 저것을 얻은 게 저주임을 알겠소.
꺼져라, 이 상것아.

유모   하느님, 아씨를 살피소서.
그런 욕을 하시다니 주인님 잘못이오.

캐풀릿 왜지요, 지혜 마님? 입 다물게, 현명 여사!   170
저리 가서 수다꾼들 하고나 떠드시지.

유모 사악한 말 안 했어요.

캐풀릿   아, 잠이나 주무셔!

유모 얘기도 못 해요?

캐풀릿   조용해, 이 옹알이 바보야!

118

무게 있는 말씀은 수다 떨 때 하라고,
여긴 필요 없으니까.

캐풀릿 부인   너무 흥분하셨어요.   175

캐풀릿   원 참, 미치겠네! 밤낮으로, 일하거나 놀거나
혼자 거나 함께 거나 내 걱정은 언제나
애의 혼인이었고 그러다가 이제 와서
많은 토지 소유하고 젊은 데다 가문 좋고
사람들 말처럼 훌륭한 자질로 꽉 찼으며   180
상상 속의 바람직한 남자 모습 모두 갖춘
귀족 가문 신사를 마련해 놓았는데
이제는 이 망할 것, 징징 짜는 바보가
푸념하는 얼간이가 복이 굴러 왔는데도
'전 결혼 안 해요, 사랑할 수 없어요,   185
어려서요, 용서해 주세요.'라고 대답하다니.
하지만 결혼을 안 해도 용서는 하겠다!
딴 데 가서 빌어먹어, 나와 함껜 못 살 테니.
조심해서 생각해 봐, 늘 하는 농담 아냐.
목요일은 가까워. 가슴에 손을 얹고 숙고해 봐.   190
네가 만약 내 것이면 친구에게 주겠지만
아니라면 목을 매! 구걸해! 굶다가 객사해!
목숨 걸고 난 너를 절대 인정 않겠으며
내가 가진 어떤 것도 네겐 도움 안 될 거다.
내 말 믿어, 명심해, 위증하지 않을 테니. (퇴장)   195

줄리엣   제 비탄을 바닥까지 굽어 살펴보시는

동정심의 천사는 구름 위에 없나요?

오, 사랑하는 어머니, 절 버리지 마세요!

결혼을 한 달만, 일주일만 연기해 주세요.

아니면 제 신방을 티볼트가 누워 있는   200

어둑한 석실묘 안에다 만들어 주세요.

캐퓰릿 부인 난 입을 다물 테니 나한테 얘기 마라.

난 너랑 끝났으니 맘대로 하려무나.   (퇴장)

줄리엣 오 하느님! 오 유모, 이걸 어찌 막아 내지?

내 남편은 땅 위에, 내 서약은 하늘에 있는데   205

어떻게 그 서약이 땅으로 돌아오지?

그 남편이 땅을 떠나 하늘에서 그것을

보내오지 않는다면? 위로해 줘, 조언해 줘!

아, 슬프다, 나같이 연약한 사람에게

하늘이 이렇게 계략을 꾸미다니!   210

어떡하지? 기쁜 말은 한마디도 못 하겠어?

위로 좀 해 줘 유모.

유모   그럼 이럭하세요.

로미오는 추방됐고 온 세상이 뒤집혀도

아가씨를 요구하러 절대 감히 못 옵니다.

온대도 남몰래 올 수밖에 없지요.   215

그렇다면 사정이 지금과 같으니까

백작과 결혼을 하는 게 제일인 것 같아요.

207~208행 그…않는다면 내 남편이 죽은 게 아니라면.

오, 그이는 참 멋진 신사예요.

그에 비해 로미오는 걸레죠. 독수리조차도

파리스의 눈처럼 푸르고 생기 있고 220

고운 눈은 못 가졌죠. 내가 저주받더라도

두 번째 혼인으로 행복하실 겁니다,

첫째보다 나으니까. 낫지 않다 하더라도

첫째는 죽었어요, 아니면 여기 살아 있어도

써먹지 못한다면 죽은 거나 다름없죠. 225

줄리엣 마음에서 우러나온 말이야?

유모 영혼까지 합쳐서요. 아님 둘 다 빌어먹죠.

줄리엣 아멘!

유모 뭐라고요?

줄리엣 글쎄, 유모는 날 놀랄 만큼 위로해 주었어. 230

들어가서 마님께 난 로런스 님 암자로

아버지를 불쾌하게 해 드린 걸 고백하고

죄 사함을 받으러 갔다고 말씀 드려.

유모 예, 그러지요. 현명하게 처리하신 거예요. (퇴장)

줄리엣 저주받을 할망구! 오, 참으로 사악한 악마여! 235

내 맹세를 저버리길 바라는 게 더 큰 죄냐,

아니면 그이를 견줄 데 없다고

천 번 만 번 칭찬하던 그 입으로 그이를

228행 아멘! 유모는 '그렇게 되기를 비나이다.'라는 아멘의 원래 뜻을 알아차
리지 못한다.

헐뜯는 게 더 큰 죄냐? 잘 가라, 조언자여,

내 마음과 유모는 이제부터 남남이야.　　　　　　240

수사님께 대책을 알아보러 가야지.

모든 방법 실패해도 죽을 힘은 남아 있다.

(퇴장)

4막 1장

로런스 수사와 파리스 등장.

로런스 수사	목요일요? 시간이 아주 모자라는데.
파리스	장인 되실 캐퓰릿이 그 날짜를 원하시오,
	저 또한 그분의 재촉을 늦추고 싶진 않고.
로런스 수사	아가씨의 마음을 모른다고 말하셨지.
	순조롭지 않은데. 마음이 안 내켜요. 　　　5
파리스	그녀는 티볼트의 죽음에 한없이 운답니다.
	그래서 사랑 얘긴 별로 못 해 봤어요,
	비너스는 우는 집에 미소 짓지 않으니까.
	그런데 그녀 부친께서는 그녀가 슬픔에
	너무 크게 흔들리면 위험하다 생각하고 　　　10
	범람하는 그녀의 눈물을 막으려고 —
	혼자일 땐 울고픈 맘 크게 일어나지만

4막1장장소 베로나. 로런스 수사의 암자.

곁에 누가 있으면 멈출 수 있으니까. —
현명하게 우리 결혼 서두르신답니다.
이제는 서두르는 이유를 아셨지요.   15

로런스 수사 (방백) 왜 늦춰야 되는지 몰랐으면 좋으련만 —
저 봐요, 아가씨가 암자로 오는군요.

줄리엣 등장.

파리스 잘 만났소, 아가씨 그리고 내 아내여!
줄리엣 그럴지도 모르지요, 내가 아내 된다면.
파리스 목요일엔 그 가정이 사실이 될 겁니다.   20
줄리엣 필연이면 그렇겠죠.
로런스 수사   그건 맞는 말이다.
파리스 여기 이 신부님께 고백하러 오셨나요?
줄리엣 답하려면 당신에게 고백을 해야겠죠.
파리스 그에게 날 사랑한다는 걸 부인 마오.
줄리엣 나는 그를 사랑한다, 당신에게 고백하죠.   25
파리스 날 사랑한다는 고백 또한 할 겁니다.
줄리엣 내가 만약 그런다면 당신 몰래 하는 것이
보며 하는 것보다 더 가치 있겠죠.
파리스 저런, 눈물이 그대 얼굴 너무 할퀴었네요.
줄리엣 그래서 눈물이 얻은 건 별로 없죠,   30

24~25행그 앞의 그는 신부이고 뒤의 그는 로미오이다.

	못살게 굴기 전에 이미 험했으니까.	
파리스	얼굴에겐 눈물보다 더 나쁜 말이군요.	
줄리엣	사실을 말한 것은 비방이 아니고	
	내 말은 내 얼굴을 두고서 한 겁니다.	
파리스	그대 얼굴 내 것인데 그것을 비방했소.	35
줄리엣	그럴지도 모르지요, 내 것은 아니니까.	
	지금 좀 짬을 낼 수 있으세요, 신부님?	
	아니면 저녁 미사 시간에 올까요?	
로런스 수사	지금 짬이 있단다, 수심에 잠긴 애야.	
	백작님, 둘만의 시간을 간청해야겠습니다.	40
파리스	신앙심을 방해하면 절대로 안 되지요.	
	줄리엣, 목요일 아침 일찍 깨우겠소.	
	그때까지 잘 있고 신성한 이 키스를 간직하오.	

(퇴장)

줄리엣	오, 그 문을 닫으세요, 그렇게 하신 다음	
	함께 울어 주세요. 희망, 치유, 도움조차 없어요!	45
로런스 수사	오, 줄리엣, 네 비탄을 이미 알고 있단다.	
	내 머리 가지고는 해결 못 할 일이야.	
	듣자하니 넌 연기가 불가능한 상황에서	
	목요일에 이 백작과 결혼해야 한다면서?	
줄리엣	들었단 말씀조차 마세요, 신부님,	50
	막을 수 있는 법을 말해 주지 못할 바엔.	
	당신의 지혜로 도와줄 수 없다면	
	제 결단을 현명하다 말씀만 해 주세요,	

그러면 이 칼로 그걸 곧 실행에 옮길게요.
두 마음은 신께서, 두 손은 당신께서 합쳤으니   55
당신께서 로미오와 맺어 준 이 손으로
또 다른 허가서에 도장을 찍기 전에
제 진심이 모반하여 다른 남자 보기 전에
이 손과 이 심장을 죽여 버리겠어요.
그러니까 오랫동안 쌓아 온 경험으로   60
즉각 조언해 주거나 아니면 보십시오,
잔학한 이 칼은 저와 제 극한 상황 사이에서
당신의 연륜과 기술의 권위를 가지고도
참으로 명예로운 결론을 못 내리는 사안을
중재하며 심판의 역할을 할 겁니다.   65
말씀을 지체하지 마세요. 하시는 말씀이
치유책이 아니라면 전 죽고 싶어요.

로런스 수사   멈춰라, 딸애야. 일종의 희망이 보이는데
그걸 달성하려면 막으려고 하는 것이
절박한 만큼이나 절박한 행동이 요구된다.   70
파리스 백작과 결혼하는 대신에
네가 만약 자결할 의지력을 가졌다면
죽음을 피하려고 죽음 그 자체에 맞섰으니
이번의 치욕을 꾸짖어 쫓기 위해
죽음과 비슷한 일 시도할 것 같구나.   75
그걸 감행하겠다면 치유책을 말해 주마.

줄리엣   오, 파리스와 결혼보단 차라리 저더러

어느 요새 탑에서든 뛰어내리라거나
도둑 많은 길 가거나 뱀들이 있는 곳에
은신을 명하세요. 울부짖는 곰과 함께 묶거나   80
악취 나는 정강이, 턱뼈 빠진 노란 해골,
덜컹대는 뼈다귀로 꽉 차 있는 납골당에
밤마다 이 몸을 숨겨 놓으십시오.
아니면 저더러 새로 만든 무덤에 들어가
수의 감은 시체 곁에 숨으라고 하세요. —   85
그런 얘기 듣고서는 몸을 떨었었는데 —
그러면 공포나 의심 없이 그럭할 거예요,
소중한 서방님의 티 없는 아내로 살기 위해.

로런스 수사　그럼 됐다. 집에 가서 명랑하게 지내고
파리스와 결혼에 동의해라. 내일은 수요일,   90
내일 밤엔 조심해서 혼자서 자도록
유모가 네 방에서 같이 자지 않도록 해.
침대에 누운 다음 이 병을 꺼내어
온몸에 퍼지는 이 약을 끝까지 다 마셔라.
그러면 곧 차갑고 나른한 기운이   95
핏줄을 통하여 네 온몸에 퍼질 거다,
맥박은 제대로 못 뛰고 멈추고 말 테니까.
온기도 숨결도 네 생명을 입증 못 할 것이고
장밋빛 입술과 두 뺨은 파리한 잿빛으로
퇴색할 것이며, 죽음이 삶의 날을   100
마감할 때처럼 눈의 창은 닫힐 거다.

유연한 동작을 박탈당한 각 기관은
죽음처럼 빳빳하고 차가워 보일 거며
이렇게 죽음의 축소판을 빌려 온 상태로
넌 스물하고도 네 시간을 지낸 다음   105
유쾌한 잠에서 깨어나듯 깨어날 것이다.
그런데 신랑이 아침에 침대에서 자는 너를
깨우러 왔을 때 너는 거기 죽어 있다.
그러면 우리 나라 풍습이 그렇듯이
최고 좋은 옷 입히고 뚜껑 열린 관에 넣어   110
캐풀릿 가문의 모든 친척 누워 있는
오래된 묘지로 너를 옮길 것이다.
그러는 동안에 네가 깰 때 대비하여
로미오는 내 편지로 우리 의향 알아내고
이리로 올 텐데, 그러면 그와 나는   115
깨는 너를 지키다가 바로 그날 저녁에
로미오가 널 데리고 만토바로 갈 것이다.
그럼 넌 지금의 치욕에서 해방된다,
변덕이나 여자의 공포심 때문에
실행할 용기가 줄어들지 않는다면.   120

줄리엣   주세요, 주세요! 오, 공포 얘긴 마세요.

로런스 수사   이걸 받고 가거라. 결심을 굳게 하고
성공하기 바란다. 난 빨리 네 남편 앞으로
수사 한 명 편지 줘서 만토바로 보내겠다.

줄리엣   사랑은 내게 힘을, 힘은 도움 줄 거예요.   125

신부님, 안녕히 계세요!　　　　　　(함께 퇴장)

4막 2장
캐풀릿, 캐풀릿 부인, 유모 및
부엌 하인 두세 명 등장.

캐풀릿	여기에 적힌 대로 손님들을 초대해라.

　　　　　　　　　　　　　　(부엌 하인 퇴장)

이봐, 솜씨 좋은 요리사 스무 명을 고용해.

부엌 하인 서투른 놈은 하나도 없을 겁니다, 어르신, 자기
손가락을 빨 줄 아는지 시험해 볼 테니까요.

캐풀릿 뭐! 그런 식으로 시험할 수 있다고?　　　　　5

부엌 하인 참, 나리도, 자기 손가락도 빨 줄 모르는 놈은
서투른 요리사잖아요. 그래서 자기 손가락도
빨 줄 모르는 놈은 저랑 같이 안 놀아요.

캐풀릿 가, 어서 가.　　　　　　(부엌 하인 퇴장)

이번 일엔 갖추지 못한 게 많을 거야.　　　　10

여봐라, 딸애는 로런스 수사에게 갔느냐?

유모 예, 그럼요.

캐풀릿 글쎄, 수사가 좀 도움이 될지도 모르지.

철없는 고집쟁이 맹추 같으니라고.

―――――――――

4막 2장 장소　베로나. 캐풀릿의 저택.

128

줄리엣 등장.

유모	저 봐요, 유쾌한 모습으로 속죄하고 오시네요.	15
캐풀릿	그래 이 옹고집아, 어디를 싸다녔어?	
줄리엣	아버지와 아버지의 분부에 순종 않고	
	반항한 죄악을 뉘우치는 곳에 가서	
	교육을 받았고 로런스 신부님으로부터	
	여기에서 엎드려 용서를 빌도록	20
	명을 받았습니다. 용서해 주세요.	
	이제부터 아버지의 지도를 받겠어요.	

(무릎을 꿇는다.)

캐풀릿	백작을 불러라, 가서 이 얘기를 해 주고.	
	내일 아침 이 인연을 맺도록 하겠다.	
줄리엣	수사님 암자에서 그 젊은 백작을 만났고	25
	겸손의 범위를 넘어서지 않으면서	
	적당한 사랑을 표시해 드렸어요.	
캐풀릿	그것 참 기쁘구나, 잘됐다, 일어나라.	
	그래야 되느니라. 백작을 만나 보마.	
	암, 그렇지. 가라니까, 그를 이리 데려와.	30
	하느님께 맹세코, 우리 시민 모두는	
	수사의 은덕을 크게 입고 있단다.	

24행 내일 앞서 목요일로 예정된 혼인날을 캐풀릿이 여기에서 수요일로 앞당기는 바람에 줄리엣은 화요일 밤에 수면제를 마시게 된다.

줄리엣	유모, 내 방에 같이 가서 유모의 생각에
	내일 있을 몸단장에 알맞고도 필요한
	장신구를 고르는 일 도와줄 수 있겠어? 35
캐퓰릿 부인	아, 목요일까지는 안 해도 돼, 시간은 충분해.
캐퓰릿	유모, 같이 가게, 성당엔 내일 갈 테니까.

(줄리엣과 유모 함께 퇴장)

캐퓰릿 부인	필요한 물품들이 모자랄 터인데
	이제 거의 밤이에요.
캐퓰릿	흠, 내가 좀 움직이지,
	그러면 만사가 잘될 거요, 여보, 보증하오. 40
	줄리엣에게 가서 치장을 도와주오.
	나는 오늘 안 잘 테니 나한테 다 맡겨요.
	이번만 주부 노릇 해 보겠소. — 여봐라! —
	다 나갔군. 그렇다면 파리스 백작에게
	나 혼자 걸어가서 내일에 대비토록 45
	준비를 시키겠소. 고집불통 딸애가
	양순해지니까 내 마음이 놀랍도록 가볍다오.

(함께 퇴장)

4막 3장

줄리엣과 유모 등장.

줄리엣	응, 그 옷들이 최고야. 하지만 착한 유모,

오늘 밤엔 혼자 있게 해 줬으면 좋겠어.
유모도 알다시피 꼬이고 죄 많은 내 신세에
하늘이 감동하여 미소 짓게 만들려면
기도를 많이 할 필요가 있거든.   5

캐풀릿 부인 등장.

캐풀릿 부인 그래 애야, 바쁘냐? 내가 좀 도와줄까?
줄리엣 아니에요, 어머니, 내일의 예식에 필요한
여러 가지 필수품을 둘이서 골랐어요.
그러니까 이젠 절 혼자 있게 해 주시고
유모는 오늘 밤을 어머니와 새우게 해 주세요.   10
이렇게 갑작스러운 혼사로 온통 손이
모자랄 게 틀림없을 테니까요.
캐풀릿 부인   잘 자거라.
침대로 가서 쉬어, 휴식이 필요할 테니까.
                                      (캐풀릿 부인과 유모 퇴장)
줄리엣 주무세요. 언제 다시 만날지는 몰라요.
아뜩하게 찬 공포가 내 온몸에 쫙 퍼져   15
따뜻하던 생기가 얼어 버린 것 같네.
두 사람을 다시 불러 위로를 받아야지.
— 유모! — 여기서 그녀가 무엇을 해야 하지?

4막 3장장소 베로나. 캐풀릿의 저택.

이 무서운 장면은 나 혼자 연기해야만 한다.
자, 약병아.   20
그런데 이 약이 전혀 듣지 않는다면?
그럼 내일 아침에 결혼하게 되는 거야?
아냐! 아냐! 이걸로 막을 거야. 거기 있어.
                                (칼을 내려놓는다.)
이게 만약 수사님이 날 죽일 심산으로
앞서 나를 로미오와 결혼시켰으니까,   25
두 번째 결혼에서 체면 잃지 않으려고
교묘하게 조제한 독약이면 어떡하지?
그럴까 봐 겁난다. 하지만 아니라고 생각해,
언제나 거룩한 분임이 입증되었으니까.
내가 만약 무덤 속에 안치되어 있다가   30
로미오가 돌아와서 구해 주기 이전에
깨어나면 어쩌지? 그거 참 소름이 끼치네!
그러면 가족묘 안에서 질식하지 않을까?
더러운 입구로 좋은 공기 못 들어와
로미오가 오기 전에 숨 막혀 죽지는 않을까?   35
산다 해도 그 장소에 따르는 공포에다
죽음과 밤에 의한 끔찍한 상상으로
무슨 일이 정말로 일어나지 않을까? ─
내가 만약 오래된 저장고, 가족묘 안에서
지나간 수백 년 동안에 장사 지낸   40
내 모든 조상들의 유골이 빼곡한 곳,

피투성이 티볼트가 아직도 말짱한 시체로
수의 속에 썩는 곳, 그리고 소문처럼
유령들이 밤중에 몰려드는 그 곳에서 —
아아, 슬프다! 너무 일찍 깨어나면   45
무슨 일이 있잖을까? 메스꺼운 냄새에다
독 인삼이 뽑힐 때 지르는 것과 같은 비명에
산 사람이 들으면 미친다고 하던데,
오, 내가 깨어난다면 얼빠지지 않을까?
이 모든 으스스한 것들에 둘러싸여   50
조상들의 뼈다귀로 미친 듯 장난치고
만신창이 티볼트를 수의 찢고 꺼내면서
광분하는 가운데 친척의 뼈 몽둥이 휘둘러
절망에 찬 내 머리를 까부수지 않을까?
오, 저것 봐, 내 생각에 사촌의 혼령이   55
자기 몸을 칼끝으로 산적 꿴 로미오를
찾아 나선 것 같아! 멈춰, 티볼트, 멈춰!
로미오, 로미오, 로미오, 이 약을! 그대 위해
  마실게요!

        (커튼 안쪽에서 침대 위로 넘어진다.)

47행독인삼 맨드레이크라 불리며 그 뿌리가 인체를 닮았고 그것이 뽑힐 때
사람을 미치게 만들거나 심지어는 죽게 한다고 생각된 식물. (아든)

캐풀릿 부인과 유모 등장.

캐풀릿 부인	유모 잠깐, 이 열쇠로 향료 좀 더 가져오게.
유모	과자방에서는 대추야자, 마르멜로 찾는데요.

캐풀릿 등장.

캐풀릿	자, 움직여라, 움직여, 둘째 닭이 울었다!
	통금종이 울렸으니 3시가 되었어.
	안젤리카, 구운 과자 좀 넉넉히 만들어,
	비용은 걱정 말고.
유모	부엌데기 노릇 말고
	잠이나 주무세요. 참, 오늘 밤을 새웠으니
	내일은 병나실 겁니다.
캐풀릿	전혀 아냐. 뭐, 이보다 못한 일로 전에도
	온 밤을 새웠지만 병난 적은 없었어.
캐풀릿 부인	예, 당신도 한때는 바람 좀 피웠지요.
	근데 이젠 그런 밤샘 못 하게 할 거예요.

(캐풀릿 부인과 유모 퇴장)

5

10

캐풀릿	질투하네, 질투해!

4막 4장 장소 베로나. 캐풀릿의 저택.

부엌 하인 서너 명이 꼬챙이,
통나무와 바구니를 가지고 등장.

여봐라, 그게 뭐냐?

부엌 하인 1 요리사가 쓸 건데 뭔지는 모릅니다.

캐풀릿 서둘러라, 서둘러!   (부엌 하인 1 퇴장)

—여봐라, 마른나무 가져와!   15

피터를 불러라, 있는 데를 보여 줄 것이다.

부엌 하인 2 나리, 이 일로 피터를 귀찮게 안 하고도
제 머리가 통나무를 찾을 만은 합니다요.

캐풀릿 말 한번 잘했다! 웃기는 상놈이야, 하.
통나무 대갈통 같으니!   (부엌 하인 2 퇴장)

—원 이런! 동이 텄네!   20

(안에서 음악이 들린다.)

백작이 악사들과 곧바로 닥칠 거다,
그런다고 했으니까. 가까이 왔구나.
유모! 부인! 여봐라! 아니, 유모, 안 들려!

유모 등장.

곧 가서 줄리엣을 깨우고 단장을 시키게,
파리스와 난 한담할 테니까. 자, 서둘러,   25
서둘러라, 신랑 될 사람이 벌써 왔어.
서두르란 말이다.

(캐풀릿과 부엌 하인들 함께 퇴장)

4막 5장
유모가 커튼 쪽으로 간다.

유모   아가씨! 허, 아가씨! 줄리엣! — 푹 빠진 게
       분명 —
       자, 어린 양! 자, 숙녀님! 잠꾸러기 같으니!
       아니, 이보라니까요! 아씨! 고운 님! 새색시!
       한마디도 못 해요? 잠시라도 지금 자요.
       일주일쯤 자 둬요. 장담컨대 오늘 밤엔   5
       파리스 백작이 빳빳하게 일어나
       아가씨를 못 쉬게 할 테니까. 지나쳤나?
       맞아, 그래. 참으로 깊은 잠에 빠지셨네!
       깨워야 하는데. 아씨, 아씨, 아씨!
       아이, 백작이 침대에서 아가씨를 안으면   10
       깜짝 놀라 일어나실 텐데, 참. 안 그래요?
                           (커튼을 열어젖힌다.)
       아니, 옷을 다 차려입고 또다시 누우셨어?
       깨워야 되겠어요. 아가씨! 아가씨! 아가씨!
       아아! 살려 줘요, 살려 줘! 아가씨가 죽었어요!

4막 5장 장소   베로나. 캐풀릿의 저택.

아이고, 내가 왜 태어나 가지고.   15
거기, 독한 술 좀 가져와! 주인님! 마님!

캐풀릿 부인 등장.

캐풀릿 부인   이게 무슨 소린가?

유모   오, 애처로운 날이다!

캐풀릿 부인   이 무슨 일인가?

유모   봐요, 봐! 오 슬픈 날이다!

캐풀릿 부인   오, 오 이런! 우리 애가, 하나뿐인 내 생명이.
살아나라, 쳐다봐, 안 그러면 같이 죽자.   20
살려 줘요! 도움을 청해라!

캐풀릿 등장.

캐풀릿   창피하다, 줄리엣을 데려와, 신랑이 왔다고.

유모   죽었어요, 떠났어요! 죽었어요! 아, 슬프다!

캐풀릿 부인   아, 슬프다! 죽었어요, 죽었어요, 죽었어!

캐풀릿   하! 어디 좀 봅시다. 아, 갔구나, 차갑구나.   25
피는 멈춰 버렸고 사지가 뻣뻣하네.
입술과 생명이 헤어진 지 오래구나.
죽음이 애에게 때 이른 서리처럼 내렸어,
온 들판의 꽃 가운데 가장 예쁜 꽃 위에.

유모   오, 애처로운 날이다!

캐풀릿 부인	오, 비참한 시간이다! 30
캐풀릿	날 통곡게 하려고 이 애를 데려간 죽음이
	내 혓바닥 붙잡고 말 못 하게 하는구나.

로런스 수사와 파리스 및 악사들 등장.

로런스 수사	자, 신부는 성당 갈 준비가 됐는지요?
캐풀릿	갈 준비는 됐지만 절대 못 돌아오오.
	오 사위, 자네가 결혼하기 전날 밤 35
	죽음이 자네 처와 같이 잤어. 저기 좀 봐,
	꽃 같은 그녀를 그자가 꺾었다네.
	죽음이 내 사위, 죽음이 내 상속인이야,
	내 딸과 결혼했어. 난 죽을 것이고
	다 넘겨 줄 거야. 생명, 삶, 다 죽음의 것이야. 40
파리스	이 아침을 맞을 생각 정말 오래 했었는데
	이런 꼴을 보려고 그랬단 말입니까?
캐풀릿 부인	저주받고 불행하며 혐오스러운 날이다.
	시간의 끝없는 순례 여정 가운데
	최고로 비참한 때 바로 지금이구나. 45
	단 하나, 딱 하나, 하나뿐인 다정한 애였는데
	기뻐하고 위로받는 단 하나였는데
	잔인한 죽음이 내 눈에서 앗아 갔어.
유모	오, 슬프다! 오, 슬프고, 슬프고 슬픈 날.
	최고로 애처롭고 최고로 슬픈 날 50

아직까지 이런 날은 단 한 번도 못 봤다.
오 이런, 오 이런, 오 이런 미운 날!
이토록 어둠에 잠긴 날은 본 적이 없었다.
오, 슬픈 날, 오 슬픈 날이다.

파리스   사기, 이혼, 악행과 분풀이, 죽임을 당했다.   55
참으로 증오할 죽음이여, 네가 날 속였고
잔인하고 잔인한 네가 날 거꾸러뜨렸다.
오, 사랑! 오, 생명! 생명 없는 죽은 사랑!

캐풀릿   멸시, 고통, 미움과 고문과 죽임을 당했다.
낙이 없는 시간이여, 너는 왜 지금 와서   60
우리의 잔치를 망치고 또 망치느냐?
오 얘야, 오 얘야! 자식 아닌 내 영혼아!
네가 죽어 버렸구나. 아, 우리 애가 죽었다.
그리고 애와 함께 내 기쁨도 묻혔다.

로런스 수사   자, 조용히, 창피하오. 혼란으론 혼란을   65
치유하지 못합니다. 하늘과 당신 몫이
이 고운 처녀에게 있었으나 이젠 다 하늘 차지,
그러니까 처녀에겐 더욱 잘된 일이지요.
당신 몫은 죽지 않게 지키지 못했지만
하늘은 자기 몫을 영생 속에 지킵니다.   70
그녀가 당신의 천국으로 올라가야 하기에
그녀의 승천을 가장 많이 구하셨습니다.
근데 이제 우십니까? 저 구름 너머로
하늘만큼 높은 데로 나아가게 되었는데?

오, 이건 너무 잘못된 자식 사랑입니다,   75
잘된 걸 보고서 미치다니 말입니다.
여자가 결혼해서 오래 살면 잘한 결혼 아니고
젊었을 때 죽는 결혼 그게 최고 결혼이죠.
눈물을 거두고 이 고운 시체 위에
로즈메리 가지 꽂고 관례에 따라서   80
최고 좋은 옷을 입혀 성당으로 옮깁시다.
어리석은 본성은 우리의 애도를 명하지만
본성의 눈물은 이성의 기쁨이니까요.

캐풀릿   잔치에 쓰기로 지정했던 모든 것을
어두운 장례로 그 소임을 돌려라.   85
여러 가지 악기는 우울한 조종으로
혼인 축하 연회는 슬픈 장례식으로
성대한 축가는 쓸쓸한 만가로 바꾸어라.
신부의 화환은 시신 위해 쓸 것이며
모든 것을 그 반대로 바꾸도록 하여라.   90

로런스 수사   안으로 드시지요, 부인도 가시고,
파리스 백작도. 이 고운 시신을
묘지까지 배웅토록 모두들 준비하오.
무언가 잘못이 있어서 하늘이 노했으니
높은 뜻을 더 이상 거스르지 마십시오.   95
    (유모와 악사들만 남고 모두 앞으로 나가면서

80행 로즈메리 여기에서는 전통적인 기억의 상징. (아든)

줄리엣 위에 로즈메리를 던지고 커튼을 닫는다.)

악사 1　허 참, 악기들을 꾸려서 떠나야겠군요.

유모　참 좋은 친구들, 아, 꾸리게, 꾸리라고,
　　　딱한 사정이란 걸 잘 알고 있을 테니.　(퇴장)

악사 1　예, 맹세코 이 사정은 좋아질 수 있는데.

피터 등장.

피터　악사님들, 오 악사님들, '편안한 마음', '편안 　100
　　　한 마음!' 오, 날 살려 주는 셈치고 '편안한
　　　마음'을 연주해 줘요.

악사 1　왜 '편안한 마음'이죠?

피터　오 악사님들, 내 마음이 스스로 '슬픔은 가
　　　득히'를 연주하니까 그렇지요. 오, 내게 위안 　105
　　　이 되게끔 즐겁고 구슬픈 곡을 연주해 줘요.

악사 1　그럴 생각은 조금도 없소! 지금은 연주할 때
　　　가 아니오.

피터　그럼 못 하겠단 말이오?

악사 1　그렇소.　　　　　　　　　　　　　　　110

피터　그렇다면 그거나 큰 소리로 줘 볼까.

악사 1　뭘 주겠단 말이오?

피터　돈은 말고 정말로, 엿이나 먹어라. 당신들은
　　　기껏해야 풍각쟁이야.

악사 1　그렇다면 당신은 기껏해야 종놈이지.　　115

피터	그럼 난 그 종놈의 단검을 당신 골통에 꽂아 놓을 테야. 콩나물 대가리 같은 소리 말라고. 난 당신들을 레 — 하고 파 — 할 거야. 내 말 알아듣겠어.
악사 1	우리를 레 — 하고 파 — 한다면 우리를 음에 맞춘단 말이지.
악사 2	제발 단검은 집어넣고 기지나 꺼내 보시지.
피터	그렇다면 어디 내 기지 맛 좀 보시지. 쇠와 같은 기지로 피 안 나게 패 주고 쇠 단검은 집어 넣겠다. 남자답게 대답해 봐.

> '비수 같은 비탄이 심장을 찌르고
> 　　슬픔에 풀이 죽어 가슴이 답답할 때
> 　음악은 은 같은 소리로' —

	왜 '은 같은 소리'지? 왜 '음악은 은 같은 소리로'라고 했을까? 사이먼 창자줄, 넌 어떻게 생각해?
악사 1	그야, 은이 아름다운 소리를 내니까 그렇지.
피터	잡소리 하고 있네. 휴 깽깽이, 넌 어떻게 생각해?
악사 2	악사들은 은화를 받으려고 소리를 내니까 '은 같은 소리'겠지.
피터	역시 잡소리야. 제임스 받침대, 넌 어떻게 생각해?
악사 3	원, 뭔 말을 해야 할지 모르겠네.
피터	아이고 죄송합니다, 가수란 걸 모르고. 내가

120

125

130

135

대신 말해 주지. 악사들이 소리를 내 봤자 140
금은 생기지 않으니까 '음악은 은 같은 소리
로'라고 했지.

　　'그럴 때 음악은 은 같은 소리로
　　재빠르게 위안을 가져다준답니다.'

(퇴장)

악사 1　저런 염병할 놈을 봤나! 145

악사 2　잭, 저놈의 목을 매! 자, 저 안에 들어가서 조
객들을 기다렸다가 저녁이나 얻어먹자.

(함께 퇴장)

5막 1장

로미오 등장.

로미오　아첨하는 꿈의 진실 믿을 수만 있다면
　　기쁜 소식 있을 거란 예감이 드는구나.
　　내 마음의 군주인 사랑이 유쾌히 좌정하니
　　오늘은 하루 종일 유례없는 기분으로
　　명랑한 생각 하며 땅 위를 떠다녔다.　　5
　　꿈속에서 부인이 죽은 나를 와서 보고 ―
　　죽었는데 생각을 하다니 이상한 꿈이지! ―

5막1장장소　만토바의 길거리.

키스로 내 입술에 생기를 불어넣어
난 되살아났었고 황제가 되었다.
아아, 사랑의 그림자가 이처럼 좋은데   10
사랑 그 자체를 소유하면 얼마나 달콤할까.

로미오의 하인 발타자르, 장화 신고 등장.

베로나 소식이다! 그래 뭐냐, 발타자르?
수사님의 편지를 가져오지 않았느냐?
아씨는 어떠냐? 아버지는 잘 계시고?
줄리엣은 어떠냐? 그걸 다시 묻겠다,   15
그녀만 잘 있으면 잘못될 일 없으니까.

발타자르   그렇다면 잘 계시고 잘못될 일 없습니다.
아씨 몸은 캐풀릿 가문의 석실묘에 잠자고
불멸하는 부분은 천사들과 함께 있죠.
그녀를 친족 묘에 넣는 걸 보고 나서   20
곧바로 말을 달려 알리려고 왔습니다.
오, 나쁜 소식 가져온 절 용서해 주십시오,
그 임무를 저에게 남겨 주셨으니까.

로미오   그렇단 말이지? 그럼 난 별들에게 도전한다!
내 숙소를 알 테니 종이, 잉크, 가져오고   25
파발마를 구해라. 오늘 밤에 떠나겠다.

발타자르   주인님, 간청컨대 참으시기 바랍니다.
모습이 창백하고 격앙되어 무언가

불운을 알리고 있습니다.

로미오   흠, 잘못 봤어.

물러나서 하라고 명령한 일이나 해.   30

수사님이 내게 보낸 편지는 없었어?

발타자르   예, 없었어요, 주인님.

로미오   상관없어, 어서 가 봐.

그리고 말을 구해. 너한테로 곧장 가마.

                                        (발타자르 퇴장)

자, 줄리엣, 난 오늘 밤 당신 곁에 누울 거요.

수단을 찾아보자. 오, 절망한 사람에게   35

사악한 마음은 재빨리도 드는구나.

약장수 하나가 기억이 나는데 ―

이 근처에 살았어. ― 최근에 그 사람이

누더기를 걸치고 시무룩한 얼굴로

약초를 모으는 걸 보았다. 깡마른 모습에   40

극심한 빈곤으로 뼈만 남아 있었으며

궁색한 가게에는 거북이가 걸려 있고

박제한 악어와 몇 가지 못생긴 물고기의

가죽도 있었지. 그리고 선반에는

거지 살림만도 못한 빈 상자 몇 개와   45

푸른색 질그릇, 오줌통, 곰팡이 핀 씨앗들,

포장 끈 자투리와 묵은 장미 덩어리가

구색을 갖추려고 성기게 흩어져 있었다.

그 궁핍을 보고 나서 난 혼자 말했었지.

'누가 지금 독약이 정말로 필요한데   50
만토바 시에서 판매하면 즉각 사형이지만
그걸 팔 천한 놈이 여기 살고 있다.'라고.
오, 이 생각이 내 요구를 앞질러 떠올랐고
이 궁한 사람은 그걸 내게 팔아야 해.
내가 기억하기로 이게 그의 집이야.   55
공휴일이라서 거지의 가게가 닫혔구나.
여봐라, 약장수!

약장수 등장.

약장수   누가 이리 큰 소리를?
로미오   이보게, 이리 와. 가난한 게 다 보여.
        받아, 금화 사십 냥이야. 그리고 나한테
        독약 좀 주게나, 온몸의 혈관에   60
        저절로 신속하게 쫙 퍼지는 놈으로.
        그래서 삶에 지친 음독자는 죽게 되고
        불붙은 화약이 치명적인 대포의 자궁을
        성급히 떠나갈 때처럼 격렬하게
        그 몸에서 호흡이 끊어질 수 있도록.   65
약장수   그렇게 명줄 끊는 독약은 있지만
        건네주면 만토바의 법으로 죽음이오.
로미오   그렇게 헐벗고 비참함에 찌들은 사람이
        죽기가 두려워? 기근은 뺨 위에 서리고

	짓누르는 궁핍으로 눈은 푹 꺼졌으며	70
	경멸과 가난이 등줄기에 걸렸는데.	
	세상이나 세상의 법이나 네 편은 아니고	
	이 세상 법으로는 부자가 될 수 없어.	
	그렇다면 가난을 깨부수고 이걸 받아.	
약장수	제 의지가 아니라 빈곤 탓에 응합니다.	75
로미오	네 의지가 아니라 빈곤에게 지불하네.	
약장수	이것을 아무거나 액체에 탄 다음	
	끝까지 마십시오. 스무 남자 힘 있어도	
	곧바로 당신을 처치해 줄 겁니다.	
로미오	이 금은 네 것이다. 네가 아니 팔려 했던	80
	시시한 이 약보다 영혼에겐 더 나쁜 독이고	
	더 많은 살인을 이 역겨운 세상에서 저지르지.	
	내가 독을 판 것이지 넌 내게 판 게 없어.	
	잘 있게, 밥 사 먹고 살이나 좀 찌라고.	
	자, 독이 아닌 치료제여, 줄리엣의 무덤으로	85
	함께 가자, 거기서 널 써야만 하니까.	

(함께 퇴장)

5막 2장
존 수사 등장.

존 수사 성 프란체스코 수사님, 수도사님 계십니까!

로런스 수사 등장.

로런스 수사	목소리로 보건대 존 수사가 틀림없다.	
	만토바에서 어서 오게. 로미오가 뭐라던가?	
	만약 뜻을 적었으면 편지를 이리 주게.	
존 수사	여기 이 도시에서 병자들을 돌보는	5
	교단의 형제들 가운데 저와 함께 맨발로	
	동행을 할 수 있는 수사를 찾다가	
	한 사람을 찾았는데, 도시 검역관들이	
	우리 둘 다 역병이 실제로 창궐했던	
	집 안에 있었다고 의심을 하고서는	10
	문을 꼭 봉한 다음 못 나가게 했습니다.	
	그래서 제 만토바 급행은 거기서 멈췄어요.	
로런스 수사	그럼 누가 내 편지를 로미오에게 전했나?	
존 수사	보내지를 못했고 — 다시 여기 있습니다. —	
	수사님께 돌려보낼 전령도 못 구했죠.	15
	그들은 역병을 너무나 두려워했답니다.	
로런스 수사	불운한 일이다! 내 교단에 맹세코	
	이 편지는 하찮은 게 아니라 막중하고	
	중요한 내용인데 소홀히 할 경우	
	위험이 클 것이야. 존 수사는 어서 가서	20
	쇠지레를 찾은 다음 곧바로 가져오게,	

5막 2장 장소 베로나. 로런스 수사의 암자.

내 암자로.

존 수사　　　　　　수도사님, 가서 가져오지요.　(퇴장)

로런스 수사　난 이제 혼자서 기념 묘로 가야 한다.

세 시간이 지나면 줄리엣이 깨어날 것이고

그녀는 로미오가 이 뜻밖의 일들을　　　　　　　25

통지받지 못했다고 나를 많이 책망할 것이다.

하지만 난 만토바로 편지를 다시 쓰고

로미오가 올 때까지 그녀를 내 암자에 둬야지.

가여워라 산 송장, 죽은 자의 묘 안에 갇혔어.

(퇴장)

5막 3장
파리스와 시동, 꽃과 향수, 햇불을 가지고 등장.

파리스　애, 그 햇불 이리 주고 멀찌감치 물러서라.

하지만 불은 꺼라, 안 보이고 싶으니까.

저기 저 주목들 밑으로 몸을 길게 누이고

푸석한 땅 위에 귀를 바싹 대거라.

무덤을 파느라고 뒤집어 놓았으니　　　　　　　5

누구든 성당 묘지 밟고 오는 발걸음은

들을 수 있을 거야. 그러면 휘파람 소리로

5막 3장 장소　베로나. 캐풀릿 가문의 무덤이 있는 성당 묘지.

무엇이 다가온단 신호를 보내라.

자, 그 꽃은 이리 주고 시킨 대로 해, 가 봐.

시동 (방백) 여기 성당 묘지에 혼자 서 있는 게   10

좀 무섭긴 하지만 모험을 해 봐야지. (물러난다.)

(파리스는 무덤에 꽃을 뿌린다.)

파리스 꽃 같은 그대의 신방에 이 꽃을 뿌립니다.

아, 슬프다, 그대의 천장은 흙에다 돌이군요.

밤마다 이곳을 향수로, 향수가 없으면

방울방울 신음 맺힌 눈물로 적시겠소.   15

밤마다 무덤 위에 꽃 뿌리고 우는 것이

이 몸이 그대 위해 지키려는 상례라오.

(시동이 휘파람을 분다.)

시동이 경고한다, 무엇이 다가오고 있구나.

어떤 자가 이 밤중에 저주받은 발을 옮겨

내 상례를, 참사랑의 의식을 훼방 놓지?   20

뭐, 햇불까지? 밤이여, 잠시 나를 감싸다오.

(물러난다.)

로미오와 발타자르,

햇불과 곡괭이, 쇠지레를 가지고 등장.

로미오 곡괭이와 비트는 쇠막대를 이리 줘.

잠깐, 이 편지를 받아라. 내일 아침 일찍이

나의 주인, 아버지께 확실히 전해라.

횃불을 이리 줘. 목숨이 두렵거든   25
무엇을 듣거나 보더라도 멀찍이 물러서라.
그리고 내 진로를 가로막지 말거라.
내가 이 죽음의 침실로 내려가는 까닭은
일부는 아내 얼굴 보려는 것이지만
주목적은 죽은 그녀 손에서 귀중한 반지를   30
빼내 오는 것이다, 그 반지를 요긴하게
써야 하기 때문에. 그러니 여기를 떠나라.
그런데도 네가 만약 의심하며 되돌아와
내 의도가 무엇인지 엿보려 한다면
맹세코 내 너를 마디마디 찢은 다음   35
굶주린 이 성당 묘지에 사지를 뿌릴 테다.
이 순간 내 의지는 야수처럼 거칠고
배고픈 호랑이나 포효하는 바다보다
더 사나울뿐더러 훨씬 더 가차 없다.

발타자르   여길 떠나 주인님을 괴롭히지 않겠어요.   40

로미오   그게 네 우정의 표시이다. 이걸 받아.
자, 잘 먹고 잘 살아라. 잘 가라, 착한 녀석.

발타자르   (방백) 그럼에도 이 근처에 숨어 있어 봐야지.
주인님 얼굴은 무섭고 의도는 미심쩍다.

                                    (물러난다.)

로미오   지상에서 가장 귀한 별미를 꿀꺽 삼킨   45
가증스러운 아가리, 죽음의 자궁아,
썩은 네 턱, 이렇게 강제로 벌린 다음

원치 않는 음식을 더 쑤셔 넣겠다.

(로미오가 무덤을 연다.)

파리스 이건 바로 추방당한 그 오만한 몬터규다,

내 님의 사촌을 살해하고 — 그 비탄 때문에   50

아름다운 그녀가 죽었다고 하는데 —

이제는 여기 와서 악당처럼 시신들을

욕보이려고 한다. 그를 체포해야지.

(앞으로 나선다.)

야비한 몬터규야, 불경한 작업을 멈춰라.

죽음 넘어서까지 복수를 추구해?   55

저주받은 악당아, 내 너를 체포한다.

복종하고 같이 가자, 죽어야 할 테니까.

로미오 그래야만 할 것이오, 그래서 여기 왔소.

젊은 양반, 절망한 사람을 시험치 마시오.

날 두고 도망가요. 이 망자들 생각하고   60

겁을 좀 먹어요. 부탁이오, 젊은이,

광기로 나를 몰아 또 하나의 죄업을

떠안지 않도록 해 주시오. 오, 떠나시오,

맹세코 난 그대를 나보다 더 사랑하오,

나는 나를 해치려고 채비하고 왔으니까.   65

섰지 말고 가시오. 앞으로 살아남아

미친 자의 관용으로 도망쳤다 말하시오.

파리스 그따위 애원은 과감히 무시하고

내 너를 중범으로 현장에서 체포한다.

로미오	싸움을 거시겠다? 그럼, 자, 덤비시지! (싸운다.) 70
시동	맙소사, 쌈 붙었네! 야경꾼을 불러야지. (퇴장)
파리스	오, 난 살해됐다! 너에게 자비심이 있거든
	묘를 열고 줄리엣 옆에 날 뉘어 다오. (죽는다.)
로미오	정말로 그러겠소. 얼굴이나 확인하자.
	머큐쇼의 친척인 파리스 백작이다! 75
	내 정신이 어지러워 주목하지 않았을 때
	오면서 하인이 뭐랬지? 파리스가 줄리엣과
	결혼하게 됐었다고 말한 것 같은데.
	걔가 그리 말했던가? 내가 그리 꿈꾼 걸까?
	아니면 줄리엣 얘기 듣고 내가 미쳐 80
	그렇다고 생각했나? 오, 손을 이리 주시오,
	암울한 불행의 장부에 나와 함께 적힌 그대.
	장엄한 무덤 속에 안치해 주겠소.
	무덤? 아니, 탑방이오, 살해당한 젊은이여.
	여기 누운 줄리엣의 아름다움 때문에 85
	빛 가득한 이 방은 연회 날의 알현실이니까.
	죽음아, 죽은 자가 널 묻는다, 게 누워라.
	(파리스를 무덤 안에 넣는다.)
	사람들이 죽는 순간 유쾌해지는 일이

84행 탑방 건축 용어인 랜턴(Lantern)을 옮긴 것으로 성당이나 교회 건물의 둥근 지붕 꼭대기에 올려놓은 비교적 작은 크기의 장식 탑을 가리킨다. 채광과 통풍이 좋다.

참으로 자주 있지! 간수들은 그것을
죽기 전의 섬광이라 부른다. 오, 이걸 어찌   90
섬광이라 부를 수가? 오, 님이여, 아내여,
꿀 같은 그대 목숨 빨아들인 죽음도
아름다운 이 자태는 어찌하지 못했군요.
당신은 정복되지 않았어요. 입술과 뺨 위엔
미의 붉은 깃발이 아직도 남아 있고   95
창백한 죽음의 군기는 거기까지 못 왔어요.
티볼트, 피에 젖은 수의 입고 게 누웠어?
오, 네 젊음을 두 동강 낸 이 손으로
너의 적인 나의 젊음 끊어 놓는 것보다
더 나은 호의를 어떻게 베풀지?   100
사촌은 날 용서해 줘! 아, 사랑하는 줄리엣,
아직도 왜 이렇게 고와요? 실체 없는 죽음이
깡마르고 흉측한 그 괴물이 연정 품고
당신을 자신의 애인 삼기 위하여
여기 이 어둠 속에 가뒀다고 믿을까요?   105
그것이 두렵기에 난 항상 당신과 함께 남아
희미한 이 밤의 궁전을 절대 다시
떠나지 않겠어요. 당신의 구더기 시녀들과
난 여기, 여기에 머물 거요. 오, 여기에
내 영원한 안식처를 확정할 것이고   110
불길한 별들의 멍에를 세상 지친 이 몸에서
떨쳐 버릴 것이오. 눈이여, 끝으로 보아라!

팔이여, 끝으로 포옹하라! 그리고 입술이여,
오 너, 호흡의 관문이여, 올바른 키스로
다 삼키는 죽음과 무한 계약 맺어라.   115
오라, 쓰디쓴 길잡이여, 불쾌한 안내자여!
너, 절망한 선장이여, 바다에 지친 배를
파선의 바위 위로 지금 즉시 몰아가라.
내 님을 위하여! (마신다.) 오, 정확한 약장수다,
약효가 빠르네. 난 이렇게 키스하며 죽는다.   120
                                            (쓰러진다.)

등불과 쇠지레 및 삽을 든 로런스 수사 등장.

로런스 수사 원, 빨리 가야 하는데. 오늘 밤엔 유난히도
              늙은 발에 무덤들이 차이네. 게 누구요?
발타자르   이쪽은 친구인데 당신을 잘 아는 사람이죠.
로런스 수사 지복이 내리기를. 내 친구는 말해 보게,
              무슨 놈의 횃불이 저기서 하릴없이   125
              땅벌레와 해골 들을 비추지? 내 판단에
              저것이 타는 곳은 캐풀릿 가문의 기념 묘야.
발타자르   맞아요, 신부님, 당신이 사랑하는
              제 주인님 저기 있어요.
로런스 수사   누군데?
발타자르   로미오요.
로런스 수사 얼마나 오래됐지?

발타자르	넉넉히 반시간요.	130

로런스 수사　납골당에 같이 가자.

발타자르　　　　　　　　전 감히 못 갑니다.

주인님은 제가 여길 떠난 줄로 아세요.

남아서 자신의 의도를 지켜보면

죽이겠노라고 무섭게 위협하셨답니다.

로런스 수사　그럼 여기 있어라, 혼자 가마. 두렵구나,　135

오, 불상사가 있을까 봐 무척이나 두렵구나.

발타자르　제가 여기 주목 밑에 잠자고 있었을 때

주인님이 누군가와 싸우는 꿈을 꿨고

주인님이 그 사람을 살해했답니다.

로런스 수사　　　　　　　　　　　로미오!

(수사가 허리를 굽히고 핏자국과 무기들을 살펴본다.)

오 이런, 오 이런, 이게 무슨 핏물인데　140

돌로 만든 이 분묘의 입구를 물들이지?

이 칼들은 왜 여기 안식의 장소에서

주인 잃고 피 엉긴 채 변색되어 놓여 있지?

　　　　　　　　　　(묘 안으로 들어간다.)

로미오, 오, 창백하다! 또 누가? 뭐, 파리스도!

피에 흠뻑 젖은 채? 아, 몰인정한 시간이다,　145

이렇게 통탄할 우발 죄를 범하다니!

아씨가 움직인다.

줄리엣이 일어난다.

줄리엣	오, 위안 주는 수사님, 제 남편 어딨지요?
	전 제가 있어야 할 곳을 똑똑히 기억하고
	거기에 있군요. 로미오는 어딨어요?

150

(안에서 소리)

로런스 수사	뭔 소리가 들리네. 그 죽음과 역병과
	부자연스러운 잠의 소굴 밖으로 나오너라.
	우리가 거역 못 할 커다란 힘 때문에
	우리 뜻이 좌절됐다. 자 여길 떠나자.
	네 남편은 거기 네 가슴 위에 죽어 있고

155

	파리스도 죽었단다. 자 어서, 난 너를
	수녀들의 교단에 맡기도록 하겠다.
	물어보려 지체 마라, 야경꾼이 오니까.
	자 가자, 줄리엣.

(다시 소리) 더 이상은 못 있겠다.

줄리엣	수사님은 어서 가요, 전 떠나지 않을 테니.

160

(로런스 수사 퇴장)

이게 뭐야? 내 님이 움켜잡은 잔이야?
음, 독으로 때 이르게 끝을 맞으셨구나.
오, 깍쟁이. 다 마시고 뒤따르는 날 도와줄
약 방울은 없나요? 이 입술에 키스할 거예요.
혹시나 거기에 독이 좀 남았으면

165

효력이 있어서 나를 죽게 해 주겠죠.

(그에게 키스한다.)

당신 입술 따뜻해요!

야경꾼	(안에서) 자, 앞서라. 어디지?
줄리엣	음, 소리가? 그럼 짧게. 오, 행복한 단검아,
	이게 네 칼집이다. 거기서 녹슬며 날 죽게
	해 다오.　　(로미오 위에 쓰러지며 죽는다.)

파리스의 시동과 야경꾼들 등장.

시동	다 왔어요. 횃불이 타고 있는 저깁니다.	170
야경꾼 1	땅이 피에 젖었군. 성당 묘지 수색하라.	
	몇 명이 같이 가라, 찾으면 누구든 체포하라.	

　　　　　　　　　　(야경꾼 몇 명 함께 퇴장)

　　가엾은 광경이다! 백작은 살해되어 누웠고

　　줄리엣은 이틀 동안 안치되어 있었는데

　　피 흘리며 더운 채 새롭게 죽어 있다. 　　　175

　　군주님께 알려라, 캐풀릿 집으로 달려가라,

　　몬터규 일가를 깨우고, 몇 명은 수색하라.

　　　　　　　　　　(야경꾼 몇 명 함께 퇴장)

　　비탄이 일어난 장소는 알겠지만

　　가련한 이 비탄의 진정한 진원지는

　　정황을 모르고는 밝혀낼 수 없구나. 　　　180

야경꾼 몇 명과 발타자르 등장.

169행 이게 줄리엣의 몸(가슴)을 가리킨다.

| 야경꾼 2 | 로미오의 하인인데 성당 묘지에 있었어요. |
| 야경꾼 1 | 군주께서 여기 오실 때까지 감금해라. |

다른 야경꾼 한 명과 로런스 수사 등장.

야경꾼 3	떨며 울며 한숨짓는 수사님이 여깄어요.
	성당 묘지 저쪽에서 걸어오는 그에게서
	여기 이 곡괭이와 삽 하나를 빼앗았습니다.	185
야경꾼 1	대단히 수상하다. 수사님도 잡아 둬라.

군주와 시종들 등장.

| 군주 | 무슨 놈의 불운이 이리 일찍 일어나 |
| | 아침 휴식 취하는 짐을 불러왔는가? |

캐풀릿과 캐풀릿 부인 및 하인들 등장.

캐풀릿	무슨 일로 저렇게 비명을 지릅니까?
캐풀릿 부인	아, 거리에서 사람들이 '로미오'를 외치고	190
	일부는 '줄리엣'과 '파리스'를 외치면서
	모두들 우리 가문 기념 묘로 달려가요.
군주	이게 무슨 공포기에 짐의 귀가 흠칫하지?
야경꾼 1	군주님, 살해된 파리스 백작이 여기 있고
	로미오도 죽었으며 앞서 죽은 줄리엣은	195

따뜻한데 다시 죽었습니다.

군주　이 더러운 살인의 원인을 추적하여 밝혀라.

야경꾼 1　한 명의 수사와 로미오의 하인이 여깄는데
　　　　이 죽은 사람들의 묘를 열기 적합한
　　　　연장들을 지니고 있습니다.　　　　　　　　　　200

캐풀릿　오, 맙소사! 오, 부인, 우리 딸이 피 흘려요!
　　　　이 단검은 잘못됐소. 봐요, 칼집은 저기 저
　　　　몬터규의 등 뒤에 빈 채로 달렸는데
　　　　내 딸의 가슴에 잘못 꽂혀 있어요.

캐풀릿 부인　아아, 이 죽음의 광경은 이 늙은 몸에게　　　205
　　　　분묘로 가는 길을 알리는 경종과 같군요.

몬터규와 하인들 등장.

군주　어서 와요, 몬터규, 새벽같이 일어나
　　　　저녁같이 가 버린 아들을 보게 됐소.

몬터규　아, 군주님, 제 아내가 어제 저녁 죽었는데
　　　　아들 추방 한탄하다 숨을 거뒀답니다.　　　　210
　　　　또 어떤 슬픔이 늙은 제게 음모를 꾸밉니까?

군주　보시오, 그러면 알 것이오.

몬터규　못 배운 놈 같으니! 이게 무슨 예의냐,
　　　　아비에 앞서서 무덤으로 내닫다니?

군주　절규하는 입들을 잠시 동안 봉해 놓고　　　　　215
　　　　모호한 점들을 말끔하게 해명하여

	사태의 근원과 진정한 내력을 알아내면	
	난 당신들 슬픔의 지휘관이 된 다음	
	죽음까지 가 보겠소. 그때까진 꾹 참고	
	인내로 불운을 다스리기 바라오.	220
	의심 가는 자들을 이리로 데려오라.	
로런스 수사	그 첫째가 저로서 가장 능력 없으나	
	이 무서운 살인의 때와 또 장소가	
	저에게 불리하여 가장 크게 의심받습니다.	
	그래서 유죄이자 무죄인 저 자신을	225
	고발, 면죄 하려고 이 자리에 섰습니다.	
군주	그럼 즉각 이에 관해 아는 바를 말하시오.	
로런스 수사	간단하게 아뢰지요, 제가 숨 쉴 날들이	
	지겨운 얘기처럼 길지는 않을 테니.	
	저기 죽은 로미오는 줄리엣의 남편이며	230
	저기 죽은 줄리엣은 로미오의 충실한 아내로	
	제가 결혼시켰고 둘의 비밀 결혼 날은	
	티볼트의 제삿날이었는데, 그의 요절 때문에	
	새신랑은 도시에서 추방됐고 줄리엣은	
	티볼트가 아니라 그를 위해 애태웠답니다.	235
	당신은 그녀를 에워싼 비탄을 풀기 위해	
	그녀를 파리스 백작에게 약속했고	
	강제 결혼 시키려 했지요. 그녀는 제게 와서	
	격앙된 모습으로 두 번째 결혼을 면해 줄	
	모종의 수단을 강구해 달라고, 안 그러면	240

거기 제 암자에서 자결한다 말했고
그때 저는 그녀에게 — 제 의술에 의거하여 —
수면제를 주었는데 그 물약은 의도대로
효력을 발휘하여 그녀 몸에 죽음의 모습을
만들어 냈습니다. 그사이에 로미오에게는   245
무서운 이 밤에 여기 와서 그녀를
약효가 끝나는 시간이 됐으니까
잠시 빌린 무덤에서 꺼내야 한다고 썼지요.
하지만 제 편지를 몸에 지닌 존 수사가
사고로 지체됐고 어제 저녁 그 편지를   250
제게 돌려줬답니다. 그래서 저 혼자
그녀가 깨나기로 예정된 시각에
친족들의 묘에서 꺼내려 여기 왔고
로미오에게 사람을 쉬이 보낼 때까지
그녀를 제 암자에 은밀히 감춰 두려 했지요.   255
하지만 그녀가 깨어나기 얼마 전
제가 여기 왔을 때, 고귀한 파리스와
진실된 로미오가 때 이르게 죽어 있었습니다.
그녀는 깨어났고, 전 나오라 간청하며
하늘이 하는 일을 인내로 견디자고 하다가   260
소리가 나기에 겁을 먹고 나왔는데
그녀는 절망이 너무 커 안 가겠다 했었고
사태를 보아하니 자해한 것 같습니다.
이것이 전부이며 이 결혼에 대해서는

	유모가 잘 압니다. 이번 일에 무언가	265
	본인의 잘못으로 틀어진 게 있다면	
	이 늙은 목숨을 최고로 가혹한 법에 따라	
	때가 오기 조금 전에 바치고자 합니다.	

군주 우리는 당신을 언제나 성자로 알았소.
로미오의 하인은 어딨느냐? 할 말은? 270

발타자르 주인님께 줄리엣의 죽음을 전했을 때
주인님은 황급히 만토바를 떠나서
바로 이 시각에 바로 이 무덤에 왔습니다.
이 편지를 아침 일찍 부친께 전하라 명하고
가족묘에 들면서 자기를 거기 두고 275
떠나지 않으면 죽인다고 위협했습니다.

군주 편지를 내놓아라, 내가 읽어 보겠다.
야경을 깨웠던 백작의 시종은 어딨느냐?
여봐라, 네 주인은 이곳으로 왜 왔느냐?

시동 주인님은 아씨 묘에 꽃 뿌리려 왔는데 280
전 물러서 있으래서 그렇게 했습니다.
곧 누가 횃불을 들고 와 무덤을 열려 했고
주인님은 그 즉시 칼을 뽑았습니다.
그때 저는 야경을 부르려고 달려갔습니다.

군주 이 편지로 보건대 수사의 말이 맞다. 285
그들의 사랑의 여정과 그녀가 죽은 소식
그리고 여기엔 가난한 약장수에게서
독약을 샀으며 그걸 갖고 가족묘에

죽어서 줄리엣과 누우려 왔다고 적혀 있다.
이 원수들 어딨느냐? 캐풀릿, 몬터규,   290
하늘이 당신들의 기쁨을 사랑으로 죽였으니
당신들의 미움에 어떤 천벌 내렸는지 보아라.
나 또한 당신들의 불화에 눈감은 대가로
한 쌍의 친척을 잃었다. 모두가 벌받았다.

캐풀릿   오, 몬터규 형, 형님 손을 내게 주오.   295
내 딸의 과부 소유 재산은 이것이오,
더는 요구 못 하니까.

몬터규   하지만 난 더 주겠소.
그녀의 조각상을 순금으로 건립하여
베로나의 이름이 잊히지 않는 한
변함없이 정절 지킨 줄리엣의 모습보다   300
더 높이 쳐주는 인물은 없도록 할 것이오.

캐풀릿   같은 값의 로미오도 아내 곁에 설 것이오.
우리들 반목의 불쌍한 희생자들 말이오.

군주   암울한 평화가 이 아침에 내렸으니
태양은 비탄으로 얼굴을 안 보인다.   305
여길 떠나 이 슬픈 일들을 더 얘기해 보라.
용서받고 벌받는 자들이 있으리라.
줄리엣과 그녀의 로미오 얘기보다

296행과부…재산 결혼할 때 남편이 죽을 경우 아내가 소유권을 가지도록 해
놓은 재산.

더 비통한 얘기는 절대 없었으니까.

(모두 함께 퇴장)

작품 해설

로미오의 사랑과 미움

윌리엄 셰익스피어(1564~1616)는 『티투스 안드로니쿠스』
(1593~1594)를 시작으로 『아테네의 티몬』(1607~1608)까지 총
10편의 비극을 썼다. 이들 비극은 그 내용이 다양하여 한마디
로 정의하기는 어렵다. 그러나 이들이 비극으로 분류되는 이
유는 적어도 두 가지 공통 요소를 갖추고 있기 때문이다. 우
선 이들은 우리 관객이나 독자들에게 전체적으로 기쁨보다는
슬픔을 준다. 그 슬픔의 성격이 단순하거나 복잡할 수도 있고
그 정도가 약하거나 강할 수도 있지만 어쨌든 우리의 마음을
가라앉히지 들뜨게 하지는 않는다. 둘째, 극의 시작은 비록 가
볍거나 희극적일 수 있어도 그것은 곧 타협할 수 없는 갈등으
로 치닫고 결국에는 주인공의 죽음으로 마무리된다.

『로미오와 줄리엣』(1595~1596)에서는 여섯 인물이 죽는다.

그들을 죽는 순서대로 말하면 머큐쇼, 티볼트, 패리스, 로미오, 줄리엣, 그리고 로미오의 어머니인 몬터규 부인이다. 이 가운데 몬터규 부인의 죽음은 무대 위에서 직접 벌어지지 않고 몬터규에 의해 짧게 언급되는 사건으로 극 전체의 어두운 분위기를 약간 더하는 역할을 한다. 극의 막바지에서 추방당한 아들의 처지를 한탄하다 죽은 이 어머니는 자식들의 삶에, 특히 그들의 사랑에 무심했던 양가의 부모들을 향한 독자들의 분노를 약간이나마 누그러뜨리는 역할을 한다. 이와는 달리 앞선 세 사람(머큐쇼, 티볼트, 패리스)의 죽음은 앞으로 좀 더 상세히 밝혀지겠지만, 모두 무대에서 직접 벌어지는 사건이고 로미오와 밀접하게 연관되어 있으며 그의 죽음에 상당한 영향을 끼친다. 하지만 이들의 죽음 또한 몬터규 부인의 경우처럼 이 비극의 핵심 사건은 아니다. 왜냐하면 이 비극의 핵심 주제는 로미오와 줄리엣이 왜, 어떻게 죽음으로 내몰리는지, 그리고 그들의 죽음을 우리는 어떻게 받아들일 수 있는지를 보여주는 과정에서 드러나기 때문이다.

『로미오와 줄리엣』의 핵심 주제는 사랑과 미움의 싸움이다. 그 싸움터는 때로는 베로나 혹은 캐풀릿과 몬터규의 두 가문으로 대표되는 외부 환경이고, 때로는 로미오와 줄리엣으로 대표되는 두 사람의 마음속이다. 그리고 사랑과 미움은 이 작품에서 의인화되어 있지만 실제로는 주인공들을 사랑하고 미워하게 만드는 두 상반되는 심리 상태를 가리킨다. 즉, 인간의 행동에 막대한 영향을 끼치면서 행불행을 좌우하는 인간 내면의 두 힘이라고 할 수 있다. 그리고 이 극에서 이 두 힘의 싸움은 밖에서 시작되어 안으로 옮겨 오며 결국에는 사랑의 승리로 끝나지만 그 승리는 죽음을 통하여, 죽음을 매개체로 얻어지는 것이기 때문에 비극적으로 마무리된다.

『로미오와 줄리엣』은 사랑과 미움 가운데 미움의 활약상을 먼저 보여 주는 것으로 시작된다. 극의 서두에서 로미오와 줄리엣 두 사람이 속한 몬터규와 캐풀릿 두 가문 사이의 오래 묵은 원한은 거의 일상화, 습관화된 폭력으로 나타난다. 해설자가 퇴장하고 극이 본격적으로 시작되자마자 두 집안 하인들의 사소한 말장난에 가려진 서로에 대한 미움은 곧 근거 없고 쓸데없는 자존심 경쟁으로 번진다. 곧 이은 벤볼리오의 등장으로 힘의 균형이 자기들에게 유리한 쪽으로 기울었다고 판단한 캐풀릿가의 하인들이 칼을 뽑아 본격적인 싸움이 시작되고, 이를 말리려는 벤볼리오와 이런 그의 의도를 의도적으로 오해한 티볼트의 개입으로 판이 커지면서 시민들과 두 가문의 수장들이 가세한다. 그리고 마침내 베로나의 군주가 등장하여 이 패싸움을 중지시킬 때까지 양가의 폭력적인 대결은 베로나 시 전체를 뒤흔들 만큼 커진다.(1.1.1~98.) 셰익스피어가 이렇게 극의 서두에, 아직 로미오와 줄리엣이 등장하기도 전에 이 사건을 이토록 두드러지게 배치한 이유는 물론 두 주인공의 삶에 두 집안의 적대감이 미치는 영향을 강조하기 위함이다.

이렇게 미움의 힘을 먼저 보여 주는 1막 1장이 150행쯤 지난 뒤에야 주인공 로미오가 등장하고, 이 비극의 핵심 주제는 그를 통해 본격적으로 제시된다. 극의 서두에 벌어진 두 집안 사이의 패싸움에서 멀찍이 떨어져 있던 로미오는 이때 그의 친구 벤볼리오에게 "오! 웬 다툼이 예 있었나?"라고 물은 뒤 곧이어 "하지만 말하지 마, 다 들었으니까. 그것은/미움과 관련이 많지만 사랑과는 더 많아."라고 답한다.(1.1.174~176.) 지금은 수수께끼와 같은 로미오의 이 모순 어법은 1막 2장 끝부분에서 그가 사랑하는 아가씨가 로절린이라는 사실이 밝혀지면서(1.2.87.) 이해된다. 로미오는 아버지 몬터규의 원수인 캐풀릿의 질녀 로절린을 사랑하기 때문이다. 따라서 로미오는 지금 밖에서 벌어진, 말하지 않아도 본 것처럼 그 내막을 잘 아는 두 가문 간의 싸움은 미움 때문인 줄 알고 있고 그런 식으로 말한다. 하지만 그 싸움터를 자기 안으로 옮길 때, 지금은 그 사실을 감추고 있지만, 그 다툼은 사랑과 관련이 더 많다. 왜냐하면 그의 사랑은 그에게 이중의 갈등과 고통을 가져오기 때문이다. 그는 우선 로절린의 마음을 얻기 위해 온갖 수단과 방법을 다 써 보았으나 그녀는 "디아나의 마음처럼/강력한 순결로 빈틈없이 무장해서" 아무런 반응을 보이지 않는다.(1.1.210~212.) 게다가 로절린이 설령 마음을 연다 해도 그녀는 자기 원수 집안의 가까운 친척이기 때문에 그 사랑은 이루어지기 어렵다. 이런 식으로 두 집안 간의 미움은 로미오의 가슴속에서 사랑과 뒤엉키면서 그의 삶에 커다란 영향을 끼치기 시작한다.

그러나 로절린에 대한 로미오의 마음은 로런스 수사의 지적처럼(2.3.61~84.) 사랑이라기보다는 미혹에 더 가깝다. 우선 로절린은 실제로 무대에 등장하지도 않는 인물이다. 게다가 로미오가 보여 주는 상사병 증상은 전형적인 짝사랑의 결과이다. 그래서 이 시점에서 로미오가 드러내는 사랑과 미움의 관계는 로미오와 로절린의 관계처럼 아주 멀고 느슨하며 흐릿하다, 그의 다음 말처럼.

> 오 그럼, 싸우는 사랑이여! 사랑하는 미움이여!
> 오, 무에서 처음으로 창조된 만물이여!
> 오, 무거운 경박함, 심각한 허영심,
> 잘생긴 형체들의 보기 흉한 혼돈이여!
> 납 깃털, 맑은 연기, 차가운 불, 병든 건강,
> 겉보기와 정반대인 뜬눈의 잠이여!
> 이런 사랑 난 느껴, 느끼지도 못하면서. (1.1.177~183.)

사랑의 본질을 이렇게 여러 상반되는 성질의 모순된 결합으로 파악하는 로미오의 심리는 원수 집안의 로절린을 짝사랑하는 로미오를 생각할 때 이해할 만하다. 그래서 천지창조의 원리까지 들먹이는 로미오의 과장된 표현을 지나친 감상주의나 진지함이 모자라는 수사에 지나지 않는다고 무시할 수도 있다. 로미오가 당시 유행했던 페트라르카식의 연애시에 자주 등장하는 모순 어법을 별 뜻 없이 따라했다고 말이다.

그러나 로미오의 이런 사고방식, 특히 사랑과 미움의 불가분리성에 대한 인식은 한때의 넘치는 감정으로 가볍게 여길 수는 결코 없다. 왜냐하면 로미오가 생각하는 사랑과 미움의 뒤엉킴은 그가 캐풀릿가의 축제에 발을 들여놓기 직전에 느끼는 불길한 예감 속에서 삶과 죽음의 불안한 공존으로 발전하기 때문이다.

> 난 너무 일찍이 겁이 나. 내 마음은
> 아직은 별들에 달려 있는 그 어떤 결말의
> 두려운 기일이 오늘 밤 축연에서
> 비참하게 시작되고, 내 가슴에 갇혀 있는
> 멸시받은 생명이 때 이른 죽음으로
> 천하게 만료되지 않을까 불안해하니까. (1.4.106~111.)

앞서 로미오의 사랑 속에 들어와 있던 미움은 여기에서 죽음으로 강화된다. 그 이유는 로미오가 기대하는 사랑이 더 커졌기 때문이다. 로미오는 이 축제에 벤볼리오의 충고처럼 로절린에 대한 열정을 식히려고 가는 게 아니라 "님의 광채에 환희하기 위하여"(1.2.105.) 간다. 그래서 로미오의 큰 사랑은 큰 미움의 극단적인 표현이자 결과인 죽음을 자연스럽게 떠올린다.(이 맥락에서 우리는 인간 행동의 근원은 꿈/헛것이며 인간은 꿈꾸는 대로 즉, 욕망하는 대로 행동한다는 취지의 머큐쇼의 맵 여왕 대사(1.4.53~95.)를 참조할 필요가 있다.)

그리고 로미오의 이런 사랑 방식은 줄리엣을 만난 다음에도 변하지 않는다. 그가 로절린을 사랑했을 때에는 그의 절망적이고 극단적이며 모순된 사랑 방법이 납득되고 동정받을 수 있었다. 로미오의 처지에 있는 그 어떤 젊은이라도 한 가지 마음뿐이었을 테니까. 즉, 죽고 싶었을 테니까. 하지만 그는 캐풀릿가의 축제에서 로절린이 아니라 줄리엣을 만나고 첫눈에 사랑에 빠지며 그녀 또한 그의 사랑에 화답한다. 두 사람이 함께 읊으면서 키스로 끝나는 아름다운 소네트 형식의 대화가 그 증거이다. 그렇다면 이제 로미오의 사랑에 대한 태도는 희망과 미래와 행복한 삶을 찾는 쪽으로 바뀌어야 마땅하다. 그런데 로미오는 이름도 모르는 아가씨와의 입맞춤이 끝나고 나서 그 상대가 누구인지 확인하고 "그녀가 캐풀릿?/오, 가혹한 벌이다! 적에게 생명을 빚지다니."(1.5.115~116.)라고 외친다. 이제 그의 사랑은 죽음으로 갚아야 할 빚이 되었다. 줄리엣 또한 유모로부터 그녀가 마음을 준 남자가 "이름은 로미오고 몬터규네 사람이며/큰 원수 집안의 외동아들이래요."라는 말을 듣고

하나뿐인 미움이 하나뿐인 사랑을 낳다니.
모르고 너무 일찍 만났고 너무 늦게 알았다.
혐오스러운 원수를 사랑해야 하다니
나에게 이 사랑은 불길한 탄생이다. (1.5.136~139.)

라고 한탄하면서 둘의 관계를 사랑과 미움, 삶과 죽음의 불길한 동거로 규정짓는다.

이렇게 두 연인이, 특히 로미오가 그의 사랑을 불길한 쪽으로만 생각하고 행복한 대안을 찾지 않는 또는 못하는 까닭은 그가 줄리엣을 사랑하기 시작함으로써 그에게 미치는 두 가문의 부정적인 영향력이 더 커졌기 때문이다. 그의 애인이 캐

폴릿의 질녀인 로절린에서 캐풀릿의 외동딸인 줄리엣으로 촌수가 가까워진 만큼이나 그가 예감했던 죽음은 이제 가시적인 죽음으로 확인되었고, 그가 로절린에게 품었던 짝사랑의 환상이 줄리엣에 대한 쌍방향의 사랑으로 바뀐 만큼이나 잠깐 동안의 환희에 뒤이은 그의 절망 또한 더욱 심화되었다.

로미오가 줄리엣과 행복한 미래를 꿈꾸지 못하는 또 다른 까닭은 그에게 참사랑이 너무나 급작스럽게 찾아왔기 때문이다. 로절린을 볼 것으로 기대하고 찾아간 캐풀릿가의 축제에서 로미오는 횃불보다 더 밝게 빛나는 이름 모를 아가씨를 만나고, 그녀의 사랑을 확인하고, 곧이어 키스하고, 서로의 가문을 알아내고, 서로의 이름을 한탄한다.(1.5.43~139.) 대사의 양으로는 100행쯤, 극의 흐름으로는 4분가량 안에 로미오의 사랑은 슬픔에서 환희로 그리고 다시 더 깊은 슬픔으로 바뀐다. 그 짧은 시간 동안 로미오는 줄리엣도 마찬가지이지만, 이 새로운 변화를 이해하고 거기에 적합한 생각을 정리할 겨를이 조금도 없었다. 줄리엣의 말마따나 두 사람은 "모르고 너무 일찍 만났고 너무 늦게 알았다."(1.5.137.) 더군다나 로미오와 줄리엣은 신중하고 사려 깊은 행동을 할 나이도 아니고 그들의 첫사랑 또한 그런 행동을 할 여유를 줄 만큼 미약하지도 않다. 따라서 두 사람의 사랑에 대한 태도는 두 사람이 처한 상황을 고려할 때 어리석기는 하지만 한편으로는 아주 자연스러운 반응인 셈이다. 이렇게 두 집안 간의 원한에 영향을 받은 로미오 그리고 줄리엣의 애정관은 이제 두 연인의 마음을 사랑과 미움, 기쁨과 슬픔, 행복과 불행, 삶과 죽음 같은 양극단으로 치닫게 만들면서 이 비극의 핵심적인 갈등 축을 형성한다. 그 가운데서도 그들의 사랑과 뒤엉킨 죽음은 때로는 외적인 갈등으로, 때로는 내적인 괴로움으로 그 모습을 드러내면서 두 연인을 끝까지 뒤따른다.

하지만 이 비극에서 죽음(심화된 미움의 극단적인 결과)이 그 모습을 구체적으로 처음 드러내는 때는 로미오가 캐풀릿가의 축제에서 줄리엣을 처음 만나 그녀의 사랑을 확인하기 직전이다. 이때 캐풀릿 부인의 조카인 티볼트는 로미오의 목소리만 듣고도 그가 원수 집안 남자임을 직감하면서 다음과 같이 위협한다.

> 목소리를 들어 보니 몬터규가 틀림없다.
> 야, 내 단검 가져와. (소년 퇴장) 어떻게 놈이 감히
> 괴면상을 덮어쓰고 이곳에 나타나
> 우리의 축하연을 깔보면서 조롱하지?
> 이놈을 쳐 죽여도 죄가 되진 않을 거다. (1.5.53~57.)

여기에서 우리가 주목해야 할 점은 사건의 절묘한 배열(첫사랑의 시작과 완성 사이의 짧은 시간을 비집고 들어와 파열음을 내는 죽음)이나 티볼트의 민감함과 민첩함에서 드러나는 미움의 크기만은 아니다. 그보다는 오히려 이 위협, 로미오가 오직 몬터규라는 사실 하나 때문에 내뱉는 이 살해의 위협이 앞으로 가져올 파장이다. 왜냐하면 지금은 좌절된 티볼트의 분노는 결국 극의 중간 부분인 3막 1장에서 티볼트와 머큐쇼의 칼

싸움에 따른 머큐쇼의 죽음으로, 그리로 친구인 머큐쇼의 죽음에 격분한 로미오와 티볼트의 칼싸움 및 그에 따른 티볼트의 죽음으로 이어지기 때문이다. 그리하여 로미오와 줄리엣의 사랑의 여정은 티볼트에 대한 로미오의 원치 않은 그러나 미움으로 촉발된 살인으로 말미암아 그 분기점을 지나 돌이킬 수 없는 결말로 치닫는다.

그렇다고 죽음이 이 비극에서 항상 무서운 모습만을 띠는 것은 아니다. 그것은 신혼의 첫날밤을 고대하는 줄리엣의 말장난에서 황홀한 모습을 드러내기도 한다.

순한 밤, 정다운 칠흑빛 밤이여, 어서 와서
로미오를 내게 주고 이 몸이 죽게 될 때
그이를 잘게 썰어 조각 별을 만들어라.
그러면 온 하늘은 너무나 찬란하여
세상 사람 모두가 밤을 사랑할 것이며
현란한 태양은 숭배하지 않을 거다. (3.2.20~25.)

여기에서 줄리엣이 "이 몸이 죽게 될 때"라고 할 때 그 죽음은 물리적이고 육체적인 현상과 함께 성행위의 절정에서 느끼는 황홀감을 뜻하는 말이기도 하다. 이 말장난의 근거는 물론 두 상태 사이의 유사성이다. 하지만 이 비극의 맥락에서, 특히 로미오와 줄리엣의 애정관을 염두에 두고 이 말장난을 해석하면 우리는 죽음에 대한 줄리엣(그리고 나중에는 로미오)의 또 다른 태도를 읽어 낼 수 있다. 그것은 바로 그들이 죽음을 그들이 처한 암울한 상황에서 택할 수 있는 단 하나의 출구이자 합일의 수단으로서 바라 마지않는 듯한 마음이다. 이런 점에서 줄리엣은 그녀의 자결을 여기에서 예습하고 있는 셈이다.

죽음은 또한 너무나 짧았던 신혼의 첫날밤이 지나간 다음 밝아 온 아침에 이별하기 싫어하는 부부의 대화에서 암울한 모습으로도 나타난다.

줄리엣 내 생각엔 당신이 너무 아래 있으니까
　　　　 무덤 안에 누워 있는 죽은 사람 같아요.
　　　　 내 시력이 갔거나 당신이 창백한 거겠죠.
로미오 여보, 내 눈엔 당신도 그렇게 보여요.
　　　　 갈증 난 슬픔이 우리 피를 마셨어요. 안녕 (3.5.55
　　　　 ~59.)

그런 다음 죽음은 줄리엣의 가짜 죽음으로 관객들을 놀랜 다음 연적이었던 파리스를 로미오의 저승길로 끌어들이고, 마지막으로 로미오와 줄리엣의 자결로 그 여정을 마무리한다.

로미오(그리고 줄리엣)의 자결 장면은 이 비극에서 관객들의 정서적인 반응이 절정에 이르는 지점, 소위 클라이맥스이다. 이곳에서 두 주인공이 지금까지 걸어온 삶의 궤적과 그것이 불러온 여러 가지 감정들, 특히 기쁨과 슬픔 같은 상반되는 두 감정은 최고조에 다다른다. 그뿐만 아니라 두 주인공의 자결은 지금까지 우리가 추적해 온 사랑과 미움의 싸움, 그리고 그 변형인 사랑과 죽음의 싸움을 고려해 볼 때 참으로 흥미롭다. 왜냐하면 그들의 자살은 그들의 애정관의 완결판이기 때문이다. 로미오가 우리에게 최초로 드러냈던 사랑 인식, 즉 사랑의 본질을 여러 상반되는 성질의 모순된 결합으로 파악하는 그의 내적 성향은 그의 죽음에서 한 치의 변함도 없이 그대로, 가장 화려하게 실현된다. 그는 그가 죽으려고 찾아간 줄리엣의 무덤을 어두운 공간이 아니라 밝은 "탑방"으로, 연회 날의 빛 가득한 "알현실"로 받아들인다.(5.3.84~86.) 줄리엣의 아름다움이 강렬한 빛을 내뿜고 있으니까. 그리고 그는 눈앞에 보이는 줄리엣의 죽음을 사실로 받아들이지 않는다. 그녀의 "입술과 뺨 위엔/미의 붉은 깃발이 아직도 남아 있고/창백한 죽음의 군기는 거기까지 못 왔"(5.3.94~96.)으니까. 여기에서 로미오의 강렬한 사랑은 죽음 속에서 삶의 흔적을 찾아냈고, 줄리엣의 가짜 죽음을 알고 있는 관객들은 그의 이런 직감에 기쁨과 슬픔과 애처로움을 동시에 느낀다. 그는 또한 죽기 위해서가 아니라 줄리엣과 영원히 살기 위해서 준비해 온 독약을 마시고, 그 사실을 마지막 포옹과 입맞춤을 통하여 온몸으로 보여 준다. 그의 마지막 대사와 — "난 이렇게 키스하며 죽는다."(5.3.120.) — 줄리엣의 몸 위에 쓰러지는 그의 행동 속에는 지금까지 그들의 사랑이 일으킨 모든 상반되는 감정들이 농축되어 한꺼번에 드러난다. 빛과 어둠, 기쁨과 슬픔, 사랑과 미움, 삶과 죽음의 가장 강력하고도 즉각적인 결합으로.

그리고 줄리엣은 로미오의 자살이 함축하는 이런 모순을 한편으로는 되풀이하면서 다른 한편으로는 완성한다. 죽음의 잠에서 깨어난 그녀는 자기 옆에 죽어 있는 로미오를 발견하고 그가 못 다 마신 독약으로, 그의 입술에 묻은 약 기운으로, 그와 같은 방식의 자살을 시도한다. 하지만 사정이 여의치 않자 로미오의 칼을 뽑아 "오, 행복한 단검아,/이게 네 칼집이다. 거기서 녹슬며 날 죽게 해 다오.(5.3.168~169.)"라고 하면서 자신을 찌르고 로미오 위에 쓰러져 죽는다. 여기에서 줄리엣이 말하는 칼과 칼집, 그리고 그녀가 자신을 찌르는 행위의 성적인 의미를 고려할 때 줄리엣은 로미오보다 훨씬 짧은 순간에 훨씬 짧은 말로 그의 뜻을 완성한다. ― 로미오의 칼은 그녀에게 고통이 아니라 기쁨을 주고, 그녀는 로미오와 헤어지는 것이 아니라 그와 합일하며, 그녀의 죽음은 그와 함께하는 영원한 삶이라고.

사랑과 미움의 싸움은 이렇게 사랑의 승리로 끝났다. 하지만 그 대가는 혹독하다. 서로를 사랑한 죄밖에 없는 두 연인이 두 가문 사이의 원한의 제물로 바쳐졌기 때문이다. 캐풀릿과 몬터규로 대표되는 두 가문은 자기들의 증오심에 푹 빠져 로미오와 줄리엣의 비밀스러운 사랑을 모르기도 했지만 알려고도 하지 않았다. 특히 몬터규 부인은 줄리엣의 사랑을 어느 정도 눈치채고 있었지만 로미오가 원수 집안의 아들이라는 이유로 남편의 성급한 결정(줄리엣을 파리스에게 결혼시키려는 계획)에 동조하여 딸의 죽음을 막을 결정적인 기회를 놓친다.

따라서 극의 결말에 뒤늦게 이루어진 몬터규와 캐풀릿의 화해는 두 연인의 아픔과 슬픔을 지켜본 관객들에게 그 어떤 위안도 주지 못한다. 상대방에 대한 미움을 이제는 버리겠다면서 두 노친이 내놓은 순금 인물상 건립 제안은 다른 무엇보다도 머큐쇼가 죽어가며 내뱉은 절규를 떠올리게 만든다. "두 집안 다 염병에나 걸려라."(3.1.93, 101~2, 109.) 그럼에도 이 때늦은 화해가 긍정적인 의미를 갖는다면 그 이유는 이 두 황금 조각상이 군주의 말처럼 "줄리엣과 그녀의 로미오 얘기보다/ 더 비통한 얘기는 절대 없었"(5.3.308~309.)다는 사실을 모두의 기억에 길이 남길 것이기 때문이다. 그와 더불어 미움으로 어두워진 밤하늘을 배경으로 빛나는 두 연인의 순수한 사랑 또한 길이 남길 것이기 때문이다.

끝으로 이번 번역은 브라이언 기번스(Brian Gibbons) 편집의 아든(The Arden Shakespeare) 판 『로미오와 줄리엣(Romeo and Juliet)』을 기본으로 하고, G. 블레이크모어 에번스(G. Blakemore Evans) 편집의 리버사이드 셰익스피어(The Riverside Shakespeare) 판과 T. J. B. 스펜서(T. J. B. Spencer) 편집의 뉴펭귄(New Penguin Shakespeare) 판을 참조하였다. 하지만 2012년에 출판된 아든 총서 3판 『로미오와 줄리엣』은 이번 번역에 크게 반영되지 못했다.

작가 연보

1564년 아버지 존 셰익스피어와 어머니 메리 아든의 장남으로 스트랫퍼드어폰에이번에서 태어나 4월 26일 세례를 받았다.

1582년 11월 여덟 살 연상의 앤 해서웨이와 결혼했다.

1583년 큰딸 수재너가 5월 26일 세례를 받았다.

1585년 큰아들 햄닛과 둘째 딸 주디스(쌍둥이)가 태어나 2월 2일 세례를 받았다.

1588년 최초의 극작품들이 런던에서 공연되기 시작하여 가족들을 두고 이주했다.

1590년 3부작 『헨리 6세(Henry VI)』를 2년에 걸쳐 집필했다.

1592년 이후 1594년까지 시집 『비너스와 아도니스(Venus and Adonis)』, 『루크리스의 강간(The Rape of Lucrece)』 출간

하고, 두 시집 모두 사우샘프턴 백작에게 헌정했다. 로드 체임벌린스 멘 극단의 주주가 되었다. 『리처드 3세 (Richard III)』, 『실수 희극(The Comedy of Errors)』, 『티투스 안드로니쿠스(Titus Andronicus)』, 『말괄량이 길들이기(The Taming of the Shrew)』, 『베로나의 두 신사 (The Two Gentlemen of Verona)』등을 완성했다.

1595년   『사랑의 수고는 수포로(Love's Labour's Lost)』, 『존 왕 (King John)』, 『리처드 2세(Richard II)』, 『로미오와 줄리엣(Romeo and Juliet)』, 『한여름 밤의 꿈(A Midsummer Night's Dream)』, 『베니스의 상인 (The Merchant of Venice)』, 『헨리 4세 1부(Henry IV, Part 1)』, 『윈저의 즐거운 아낙네들(The Merry Wives of Windsor)』를 1597년까지 연이어 발표했다.

1596년   아들 햄닛 사망. 부친의 문장을 사용하는 것을 허가받았다.

1597년   스트랫퍼드에서 뉴 플레이스 저택을 구입했다.

1598년   두 해에 걸쳐 『헨리 4세 2부(Henry IV, Part 2)』, 『헛소문에 큰 소동(Much Ado About Nothing)』, 『헨리 5세 (Henry V)』, 『줄리어스 시저(Julius Caesar)』, 『좋으실 대로(As You Like It)』등을 집필했다. 셰익스피어의 극단이 새로운 글로브 극장으로 옮겨 갔다.

1600년   『햄릿(Hamlet)』을 발표했다.

1601년   시집 『불사조와 산비둘기(The Phoenix and the Turtle)』를 출간하고, 『십이야(Twelfth Night, or What You

Will)』, 『트로일로스와 크레시다(Troilus and Cressida)』,
『끝이 좋으면 다 좋다(All's Well That Ends Well)』를 완
성했다.

1601년   부친 사망. 9월 8일 장례.

1603년   엘리자베스 여왕 사망. 스코틀랜드의 제임스 6세가 영
국의 제임스 1세가 되고, 셰익스피어의 극단이 킹스 멘
이 되었다.

1604년   『잣대엔 잣대로(Measure for Measure)』, 『오셀로
(Othello)』를 발표했다.

1605년   『리어 왕(King Lear)』을 발표했다.

1606년   『맥베스(Macbeth)』와 『안토니와 클레오파트라(Antony
and Cleopatra)』를 발표했다.

1607년   6월 5일 딸 수재너 결혼.

1607년   두 해에 걸쳐 『코리올라누스(Coriolanus)』, 『아테네의
티몬(Timon of Athens)』, 『페리클레스(Pericles)』를 발표
했다.

1608년   모친 사망. 9월 9일 장례.

1609년   『심벨린(Cymbeline)』, 『겨울 이야기(The Winter's Tale)』,
『소네트(Sonnets)』를 1610년까지 두 해에 걸쳐 출간했
다. 셰익스피어의 극단이 블랙프라이어스 극장을 매입
했다.

1611년   『태풍(The Tempest)』을 발표하고 스트랫퍼드로 돌아가
은퇴했다.

1612년   『헨리 8세(Henry VIII)』, 『카르데니오(Cardenio)』, 『두

귀족 친척(The Two Noble Kinsman)』을 1613년까지 집
필했다.

1616년   2월 10일 딸 주디스 결혼. 스트랫퍼드에서 4월 23일 세
         상을 떠났다.

1623년   글로브 극장 시절의 동료 배우 존 헤밍과 헨리 콘델이
         편집한 셰익스피어의 극작품들이 이절판으로 출판되
         었다. 부인 앤 해서웨이가 사망했다.

세계문학전집 **173**

로미오와 줄리엣

1판 1쇄 펴냄 2008년 2월 28일
1판 40쇄 펴냄 2023년 11월 22일

지은이 윌리엄 셰익스피어
옮긴이 최종철
발행인 박근섭, 박상준
펴낸곳 (주)민음사

출판등록 1966. 5. 19. (제 16-490호)
서울특별시 강남구 도산대로1길 62(신사동) 강남출판문화센터 5층 (우편번호 06027)
대표전화 02-515-2000 팩시밀리 02-515-2007
www.minumsa.com

ISBN 978-89-374-6173-6 04800
ISBN 978-89-374-6000-5 (세트)

* 잘못 만들어진 책은 구입처에서 교환해 드립니다.

민음사 세계문학전집

세계문학전집 목록

세계문학전집은 계속 간행됩니다.